JOGOS
DE AZAR

Do Autor:

De Profundis, Valsa Lenta

Balada da Praia dos Cães

O Delfim

Jogos de Azar

José Cardoso Pires

JOGOS
DE AZAR

Contos

BERTRAND BRASIL

Copyright © Herdeiros de José Cardoso Pires, 1999

Capa: Rodrigo Rodrigues
Foto de capa: Aaron Graubart/GETTY Images

Editoração: DFL

Texto revisado segundo o novo
Acordo Ortográfico da Língua Portuguesa

Esta edição tomou por base o texto da 6ª edição
(Publicações Dom Quixote, 1993), o último revisto pelo Autor.

2011
Impresso no Brasil
Printed in Brazil

CIP-Brasil. Catalogação na fonte
Sindicato Nacional dos Editores de Livros – RJ

P743j	Pires, José Cardoso, 1925-1998
	   Jogos de azar: contos/José Cardoso Pires; [prefácio de
	José Castello]. – Rio de Janeiro: Bertrand Brasil, 2011.
	   240p.; 21cm
	
	   ISBN 978-85-286-1495-4
	
	   1. Conto português. I. Título.

11-1287	CDD – 869.3 CDU – 821.134.3-3

Todos os direitos reservados pela:
EDITORA BERTRAND BRASIL LTDA.
Rua Argentina, 171 — 2º andar — São Cristóvão
20921-380 — Rio de Janeiro — RJ
Tel.: (0xx21) 2585-2070 — Fax: (0xx21) 2585-2087

Não é permitida a reprodução total ou parcial desta obra, por
quaisquer meios, sem a prévia autorização por escrito da Editora.

Atendimento e venda direta ao leitor:
mdireto@record.com.br ou (21) 2585-2002

Sumário

O Caçador do Banal, por José Castello 9

A Charrua entre os Corvos, por José Cardoso Pires 27

Carta a Garcia 33

Amanhã, se Deus Quiser 61

Os Caminheiros 79

Dom Quixote, as Velhas Viúvas
e a Rapariga dos Fósforos 101

Uma Simples Flor nos Teus Cabelos Claros 143

Ritual dos Pequenos Vampiros 159

Estrada 43 187

Week-End 207

A Semente Cresce Oculta 221

Diz-se jogo de azar aquele em que a perda ou o ganho dependem unicamente da sorte e não das combinações, do cálculo ou da perícia do jogador.

(*Código Civil Português*, art. 1542)

... E posto quue lançees azar, nnão podeis sahir do joguo senão com vosa homra.

(Fernão Lopes, *Crónica de D. João I*)

O caçador do banal

José Castello

Quando menino, José Cardoso Pires presenciou a aparição de um anjo. Eram os tempos difíceis, de que a imaginação estava banida, ou enquadrada nos limites estreitos da fé. Nascido em 1925, na região rural de São José do Peso, distrito de Castelo Branco, o escritor cresceu nas trevas do Portugal salazarista, época em que os espectros, e não os anjos, dominavam os espaços. Em 1932, quando Salazar se tornou presidente do Conselho de Ministros — cargo que ocupou até 1968 —, Zezinho era um menino murcho que, aos 7 anos de idade, já se contaminara com essa atmosfera de tristeza. Naquele Portugal medievo, os sacerdotes reuniam as crianças para ministrar estranhas "lições de milagres". Narravam aparições divinas, descreviam em detalhes visões da vida celestial e outros espantos, todos atribuídos, sempre, à força da fé.

Tinha 10 ou 12 anos — mesma época em que Salazar se aliou a Franco, na Guerra Civil Espanhola — quando, debruçado sobre a janela de seu quarto, o pequeno José se pôs a devanear. Gostava de fazer isso, espremido entre as cortinas, enfim sozinho com sua tristeza. Era um fim de tarde de verão, e ele, de repente, viu um grupo de pessoas que, as cabeças apontadas para o alto, admiravam, assombradas, alguma coisa no céu. Algumas se benziam, outras se ajoelhavam, como se presenciassem — ele recordou muito depois — a passagem de um cometa, ou o início de uma catástrofe. Mas não: admiravam, simplesmente, a aparição de um anjo. Isso, um anjo, a sobrevoar o velho Portugal. Com uma capa branca de cetim que lhe escorria pelos ombros, simulando um par de asas, uma menina muito pálida, de braços abertos e com os cabelos desgrenhados, flutuava sobre a vila. Emitia reflexos misteriosos — que, mais tarde o escritor concluiu, eram um efeito dos raios solares sobre o cetim — e espremia o corpo em um esquisito maiô que, só muito depois ele compreendeu também, não passava da vestimenta oficial dos acrobatas. Lançou-se da torre da igreja e, serena, deslizou pelo céu, encarnando o milagre de que os padres falavam nas aulas. Flutuava bem diante de sua janela, rasgando no mundo tedioso e previsível do menino Zezinho um grande rombo, um abismo que jamais se fechou. Deste furo milagroso nasceria, muitos anos mais tarde, sua literatura. Sem ele, talvez não tivesse se tornado escritor.

Jogos de Azar

Naquela cena em que sonho e miséria se misturavam, havia um prenúncio, um primeiro rascunho, da paixão de José Cardoso Pires pela fantasia. Como pano de fundo, a realidade dura e burocrática de Portugal, país retido em um tempo imóvel. Pois era sobre ela, como um desmentido, que aquele anjo milagroso flutuava, desestabilizando-a e lhe emprestando a aparência de um sonho. A confluência entre miséria e fantasia aparece já em seus primeiros escritos. Ela está na base de sua formação pessoal. Foi nessa tensão entre o que é e o que não é (embora possa ser) que ele se tornou um escritor.

Na juventude, José Cardoso Pires frequentou os grupos de surrealistas que, entre os anos 1930 e 1950, agitaram as artes portuguesas e cujo herdeiro maior é, ainda hoje, o poeta Herberto Helder. Com eles, varou as noites nas mesas do Café Herminius, ou do Café do Chiado, cenários preferidos do Grupo Surrealista de Lisboa. Nunca foi, porém, um comensal frequente, e muito menos um surrealista convicto. José Cardoso Pires é, desde o início, um escritor solitário que traça, em silêncio e em segredo, seu próprio caminho. Enquanto os outros discutiam as teses das vanguardas, ele lia as narrativas góticas de Edgar Allan Poe. Os efeitos dessa paixão só se abrandaram quando, mais tarde, ele descobriu a escrita substantiva e direta de Ernest Hemingway. Aquele anjo de luz flutuando sobre a multidão atordoada foi um prenúncio de uma realidade que, mesmo ferida pela opressão e assolada pelo vazio, ainda assim conservava um compromisso com a poesia. Laço precário, visto como vergonhoso e, mais ainda, como perigoso. Mas persistente. Nessa via torta, em que o inaceitável e o impossível se encontram, José Cardoso Pires começou a escrever.

A partir daquele fim de tarde, e depois de descobrir o segredo da aparição milagrosa — longa corda estendida entre a torre da igreja e o telhado de uma casa —, o menino José não parou mais de pensar nos trapezistas, que saltam nos picadeiros dos circos e, à sua maneira, também simulam milagres. Não parou mais de pensar na importância da coragem, mas, sobretudo, na importância da ilusão. O interesse pelos sonhos, em vez de afastá-lo das coisas do mundo, o aproximou da arte popular e das tradições mais simples. Aproximou-o, ainda, da deambulação típica dos circos, aspecto que incorporou em muitos de seus personagens, como os dois andarilhos do conto "Os caminheiros", com que, em 1949, ele faz sua estreia na literatura. Tinha 24 anos, mas já era dono de si: o conto atesta isso. Nele, António Grácio e seu companheiro, o cego Cigarra, resumem algumas das características mais fortes destas primeiras narrativas. A aposta na transformação, apesar da dor e dos impedimentos, e que vinga onde menos se espera. As rupturas delicadas, mas decisivas, no cotidiano burguês, em que a pureza se confunde com a maldade. A denúncia, furiosa, de um mundo que empurra para as margens tudo o que lhe parece estranho — e a cumplicidade do escritor com essa estranheza.

Jogos de Azar

Entre 1949, quando faz sua estreia com *Os caminheiros e outros contos*, e 1997, quando — um ano antes de morrer — despede-se com *Lisboa: livro de bordo*, José Cardoso Pires publicou dezoito livros. Embora ocupe a sexta posição na lista, *Jogos de azar*, de 1963, conserva os elementos mais arcaicos, e decisivos, de sua formação. Trata-se, na verdade, de uma reunião de seus dois primeiros livros: *Os caminheiros e outros contos*, de 1949, e *Histórias de amor*, o segundo, de 1952. Livro, portanto, de recordação, em que se conservam os fundamentos de uma escrita. As histórias nele contidas resumem o ambiente ambíguo, entre o imobilismo e o salto, entre o medo e o deslumbramento, que definiam o Portugal em que cresceu. Trazem, ainda, as marcas do movimento neorrealista, de que Cardoso Pires foi um dos mais complexos representantes. O interesse pelo neorrealismo veio, possivelmente, de sua experiência com o jornalismo, que passou a praticar depois de graduar-se em Matemática e de ser expulso, com menos de um ano de serviço e por suspeita de indisciplina, da Marinha Mercante portuguesa.

Cresceu em uma Lisboa amedrontada pela guerra e tomada pela propaganda nazista. O fantasma de Salazar sempre o perseguiu. Já adulto, depois de participar da revista *Almanaque* — experiência que o aproximou de um de seus maiores amigos, o poeta Alexandra O'Neill, surrealista português descendente de irlandeses —, viu-se obrigado ao exílio e escolheu primeiro Londres, depois Paris e, por fim,

13

o Rio de Janeiro. No Brasil, aproximou-se de escritores como Clarice Lispector, Rubem Braga e Paulo Francis; de artistas plásticos, como Carlos Scliar e Cândido Portinari; tornou-se amigo da cantora Nara Leão. Nunca perdeu a chance de uma amizade e a esperança de uma renovação. Aqui rompeu, de vez, as algemas que o prendiam ao Portugal passadista, de agentes policiais e anjos milagrosos, e tornou-se um cidadão do mundo. Um cidadão do real.

Essas amizades brasileiras bastam, talvez, para ilustrar o espírito inquieto de Cardoso Pires, turbulência interior que ele transportou para sua escrita falsamente neorrealista. Mesmo tratando do mundo pequeno das vilas, das praças interioranas e dos cidadãos sem rosto que nelas circulam, ele se afastou dos grandes painéis imóveis e da objetividade rasa que caracterizam o neorrealismo, aproximando-se, sem muita consciência disso, dos princípios do modernismo. Dava o mesmo valor tanto às imagens irreais dos surrealistas — antecipadas pelo anjo cintilante que avistou quando menino — quanto às imagens brutas dos repórteres, que se limitam a capturar e reproduzir a vida diária. Nunca afastou o jornalismo da literatura, ao contrário, aproximou-os, por acreditar que o jornalismo "desaristocratiza" a literatura. Um repórter é um homem que escreve, mas é também um homem que se mexe no mundo. É um homem que observa, mas também um homem que se arrisca. Entre a visão espantosa e a aspereza da experiência Cardoso Pires ficou com as duas. No vão entre elas, encontrou seu lugar de escritor.

Jogos de Azar

Firme em suas inquietações, sempre pronto — como um metódico artesão — a incorporar novos recursos e novas técnicas, chegou finalmente a Hemingway. A partir desse vínculo e dessa filiação podemos, talvez, entender melhor a realidade desnuda exposta nesses primeiros contos de *Jogos de azar*. Em seu centro encontramos a procura — desconfiada, crítica, desesperançada — da identidade, tema, aliás, de seus dois grandes romances, *O Delfim*, de 1968, e *Alexandra Alpha*, de 1987. Uma frase de *Alexandra Alpha* resume, talvez, sua estratégia: "Se não inventamos o país, não cabemos mais nele". A identidade, Cardoso Pires sabia, não é uma marca de sangue, mas uma invenção; não aponta para o passado, mas para o futuro; diz respeito a um projeto, e aos riscos que ele envolve, e não a uma origem, e à comodidade que oferece. Já nessas primeiras narrativas, Cardoso Pires se revela um corajoso inventor. Um cirurgião das palavras, como definiu muito bem, já depois de sua morte, a amiga e escritora Inês Pedrosa. Mãos delicadas, gestos precisos e costura rigorosa. A mistura essencial da habilidade com o sonho. Uma eterna insatisfação — um escritor que, duro consigo mesmo, se sentiu sempre aquém de si. E foi por se ver sempre aquém que conseguiu avançar tanto.

Em sua literatura, o mundo oscila entre a miséria absoluta e a fantasia absoluta. Entre os dois absolutos, mais uma vez, Cardoso Pires ficava com os dois. Foi um escritor extremado, que não temeu a contradição e o inexplicável. Desde cedo, teve consciência de que ao escritor — ao menos, ao bom escritor — cabe costurar uma fina renda entre esses dois extremos. Não para cerzir e esconder uma dor que nunca termina, nem para disfarçar um espanto que não se disfarça, mas para fazer alguma coisa do grande vão que divide o peito do homem. Preferiu sempre, à tranquilidade dos acomodados, o desassossego dos que estão sempre a se deslocar. Está tudo em seus contos, basta ler com atenção.

Em "Os caminheiros", essa dupla condição, que só mal e mal sustentamos, se expõe de maneira escandalosa. Desde as primeiras linhas, o violeiro Cigarra já antevê seu futuro. Em seus gestos mais banais, esconde-se um segredo. "A voz era como um segredo que ele lançasse para a distância e fosse adiante, a abrir-lhe caminho, até ao ponto desconhecido para onde parecia apontado." Todos estamos, sempre, arrastados por um sonho. É próprio do homem entregar-se a desígnios que desconhece, a impulsos que não controla, a miragens que não sabe nomear. Só para garantir seu direito de sonhar. Assim avança o Cigarra desde as primeiras páginas: ciente de que, a cada gesto, se submete. A vida não é o que queremos. Mas, justamente por isso, pode ser melhor do que esperamos.

Quando Grácio procura o compadre Miguel para lhe vender, por duas notas miseráveis, os serviços do amigo violeiro, o mundo revela algo que, em geral, evitamos ver, mas que, ainda assim, sempre esteve aí. Em busca de Miguel, os dois avançam por uma estrada, empurrados por um forte

Jogos de Azar

calor. De repente, deparam com uma cobra partida ao meio pelos pneus de um carro. Lamenta o Cigarra que a pele da cobra esteja perdida. Não fosse o estrago, e ela lhes renderia um bom dinheiro, avalia. Avesso e direito: estamos sempre a tirar coisas boas das coisas más e coisas más das coisas boas. Enfim, chegam a Miguel. Ao tratar de negócio, os dois compadres discutem em tom amistoso. O Cigarra é velho, é cego, não vale tanto, argumenta Miguel. Cigarra mostra as cordas de reserva que lhe sobram para a viola, folhetos de músicas amassados, ostenta seus tesouros. "Não sei, é um risco muito grande", Miguel continua, sem saber se negocia a beleza, ou negocia a morte. Quando resolve pagar o que Grácio lhe pede, resume: "Seja o que a sorte quiser". Marionetes do acaso, estamos sempre a oscilar entre opostos; nos ferimos, sofremos, erramos muito, mas isso é viver. E é disso que um grande escritor, como José Cardoso Pires, se alimenta.

No momento final, quando Grácio se aproxima do Cigarra para se despedir, a ambiguidade do humano se impõe, anulando as diferenças entre eles. Apesar de tudo, e apesar dos papéis lamentáveis que os afastam, os dois se abraçam. "Desculpa. A gente não fica com razões um do outro, pois não?", Grácio diz. Cigarra sorri, não esconde sua emoção e, para se despedir melhor, "fez um arabesco com a bengala e a mão tremeu-lhe". Um desenho no ar, uma assinatura: o nome de sua sina. Algo o orienta a distância, há uma fatalidade que suplanta o mal e o adoça. Já no início da caminhada, enquanto conversa com o companheiro, um tremor constante anuncia esse paradoxo. Faz uma pergunta e depois, sem resposta, se cala. "Piscava os olhos, à espera; e quem o observasse julgaria que a resposta não viria do companheiro, mas de longe, desse ponto que o orientava." Talvez entrevisse um anjo, que podia não ser do bem, podia ser do mal. Não temos controle sobre as coisas, a maior parte delas nos escapa. É com esses restos — de luta, de tentativas, de decepções — que um escritor escreve.

Sob os relatos crus de Cardoso Pires, lateja um vazio, um imenso oco, que ultrapassa os andaimes das circunstâncias. É o que sentimos na leitura de "Ritual dos pequenos vampiros", a história de quatro parceiros — Simas Anjo, o mais velho, e seus três visitantes, Heliodoro, Oliveira e "O Mudo da Arlete" — que, entre farpas e venenos, se reúnem para fazer sexo com uma menina. Simas vive com uma mulata velha, que os vigia; não sabem o que dela esperar, além do pior. Tratam a moça com uma expressão genérica, "a miúda", como se ela fosse "qualquer uma", pertencesse a uma série intercambiável e impessoal. Tem só 15 anos de idade e, na visão tosca dos amigos, não chega a ser uma pessoa. Depois de muito discutir, partem rumo à estação em que ela os espera. Entre si, já decidiram que cada um terá apenas 15 minutos para se satisfazer. Sessões rápidas de amor, o gozo em série, os corpos manejados como máquinas: será isso humano? Velhas máquinas, que rangem, suam, tremem, e só muito mal se satisfazem. Mas por que

Jogos de Azar

não? Um a um, se satisfazem. Só depois, retomam contato com seus sentimentos: surge, então, o medo de que a velha que vive com Simas os denuncie. O medo, porém, se dissolve no vazio. Tudo se derrama, tudo se esvazia, tudo se perde. Sob o teatro grotesco do mundo, há um porão escuro. "Oxalá não chova. Não sei por que, mas não gostava nada que chovesse esta noite", murmura Simas Anjo, no fecho do relato. Estão de volta ao ponto de partida. O amor tosco nada lhes deu. Continuam atolados. Portugal é um pântano e a escrita é a corda a que José Cardoso Pires — como o falso anjo preso a seu fio — se agarra.

Sempre o mesmo vício da repetição, sempre a inutilidade atroz de todos os esforços, sempre um mundo que não se move. Retratista do mundo? O suposto neorrealismo de José Cardoso Pires é só um rótulo que o protege da sedução surrealista. Mas o contrário também: seu surrealismo não passa de um artifício com que ele se distancia de uma visão medíocre do real. Nem o real, nem o surreal: mas, então, desde onde ele escreve? Voltamos à imagem do vão, esse abismo que se abre no humano. Grande rachadura que traga e devora nossas melhores certezas e que nos lança na zona de sombras em que, enfim, estamos todos. Que nos defronta com o pouco que somos. Vista assim, a literatura de Cardoso Pires talvez seja um espelho. Rachado, em fragmentos, despedaçado, onde nossas imagens tremem. Em vez de moldura acolhedora, grande buraco. Olho do furacão, grande vão que nos engole.

As palavras faltam mesmo. Até os amigos mais próximos tinham dificuldades para defini-lo. Em uma crônica publicada no jornal *Público*, em janeiro de 1999, o escritor Antonio Lobo Antunes, que foi um de seus amigos mais fiéis, com indisfarçáveis dificuldades, o descreve assim: "Às vezes fazias-me lembrar um delinquente juvenil fugindo da casa de correção pela porta traseira, noutras alturas um rato perdido no gruyère sem encontrar buracos, quase sempre um miúdo escondendo a aflição sob a ironia". Cardoso Pires foi, um pouco, cada uma dessas três coisas — como diz Lobo Antunes: delinquente, rato, um miúdo —; mas nem essas imagens fortes bastam, nem elas são suficientes para dar conta do homem que, de fato, foi. Um homem não cabe em um retrato. Um mundo não cabe em um conto. Nos dois casos, o principal está sempre fora. É isso o que faz da literatura uma experiência interminável.

A mesma falta de nitidez afeta seus personagens. No delicado "Week-end", um casal de amantes tem seu último encontro em um hotel. A mulher, casada, sabe que não podem mais se ver. O rapaz se lamenta e pergunta por que ela aceita se submeter a um casamento que a entristece. "Uma pessoa chega a habituar-se a viver à custa do ódio. Não acreditas? À custa do ódio e da pena. Oh, querido, tu não podes compreender." O jovem amante parece, de fato, mergulhado em ilusões excessivas, que o impedem de encarar a grande turvação do real. Em outras palavras: a entender (a ver) o que não se deixa ver. A mulher sofre,

Jogos de Azar

lamenta-se, arrasta-se, mas vai embora. Agarra-se a alguma coisa (um fio?), avança apesar de si mesma. Quanto a ele, a ignorância o devasta: "Permanecia atento como um guerreiro vencido, um combatente abandonado em pleno campo, incapaz de se levantar e de compreender a derrota". Não é bem a derrota que o rapaz não pode ver; não suporta ver a grande turbulência que desenha a realidade. Depois que a moça se vai, ele desce, desalentado, para beber em um bar. Pede um Jerez, ou um Porto. Acende o cigarro, observa as cadeiras vazias à sua volta, e entende enfim o grande vazio que rege os vínculos humanos, e conclui, decidido a não esquecer o que viu: "Preciso de ter a memória viva". Em vez do Jerez, ou do Porto, quer agora um café bem forte. Para quê? Para resistir, para não ceder. Para sustentar a visão daquela grande borra, daquele pântano de coisas incompletas, daquela insatisfação que não termina. E da qual, enfim, José Cardoso Pires, como um mágico (um anjo?) arranca sua escrita.

Grávida e perto de parir, a protagonista de "A semente cresce oculta" espera o retorno de seu homem. Fernando, ele se chama. A seu lado, a avó resmunga. Escreve Cardoso Pires: "Entre as duas mulheres, a velha que pensa na alma e a nova que pensa na vida, há uma semente que procura a luz". Fala, assim, da literatura (pura criação) que, discreta, cresce oculta entre a força dos ideais (o anjo que se lança da torre da igreja) e a vida miserável (a velha que resmunga e não acredita em mais nada). Fernando foge da PIDE, a polícia política de Salazar; mas talvez não seja só dela que foge; foge, também, de um mundo empedrado, que exclui as coisas pastosas, os eventos indefinidos, as devastações de que, no fim, somos todos feitos. Como excluir justamente aquilo que nos constitui? Como aceitar isso? A literatura não aceita e é justamente nesse lugar do inaceitável que ela germina. Agente da aventura literária, José Cardoso Pires, o meticuloso ourives, paciente, exigente, detalhista, ali se esconde, espremido no grande vão, agarrado a si mesmo, e escreve.

A perfeição técnica de um conto como "Dom Quixote, as velhas viúvas e a rapariga dos fósforos" mostra como a adesão radical ao mundo real, em vez de matar a fantasia, a expande. O real não é uniforme. O tempo não passa de uma precária convenção. A mente humana não tem a nitidez que desejamos. A paixão do narrador pela rapariga dos fósforos está muito além de qualquer classificação. A moça nada quer com ele. Ela o arrasta, ela o manipula, não por maldade, mas para se salvar. Mora — força dos nomes — no Pátio do Imaginário, letras C e D, porta sete, a poucos passos de onde vive o homem que a ama. Amor? A palavra não é essa. Também Cardoso Pires não se interessa em desenhar sentimentos claros, grandiosos, exemplares. Realismo? Neorrealismo? Um pouco mais que isso. A menina carrega consigo uma mala de fósforos: é uma falsa incendiária; a função dos fósforos, descoberta mais tarde, revela uma parte preciosa de sua alma. Esmeralda, ela

Jogos de Azar

se chama. Tem 17 anos, corpo de mulher, mas é uma menina. Como capturá-la? Como defini-la? Os formulários sociológicos e as fichas policiais a massacrariam. Só a literatura pode dar conta dela.

Um dia, encontram-na caída à beira da estrada. Os homens da Cruz Vermelha a conduzem, em uma maca, de volta à casa da avó. A velha já não tem forças para nada e, além disso, tem um coração vazio. Simplesmente pede que a levem. Já lhe bastam a dentadura postiça, a bacia de catarros, a bengala. Vive em um mundo de próteses, de substitutos, no qual a vida se reduz a uma série de faltas. Mal dá conta de si. É aí que, entre a moça e sua avó, infiltra-se o espectro desgrenhado de Rocinante, o lendário cavalo do Quixote. As ruas da vila estão cheias de falsos Quixotes, que fazem poses deploráveis e vestem roupas ridículas, só para assediar as mulheres. O mundo é, todo ele, um pastiche. Também o imaginário fracassa e, de repente, pode ser apenas o nome de um pátio sujo. A vida simula grandezas que não tem; a vida se alimenta de falsificações. Escreve Cardoso Pires: "Então há sempre um que está jogando tudo por um segundo de evasão, agarrado à imaginação indispensável e conveniente". A fantasia transformada em tóxico: pode haver horror maior? Feito o jogo, ganho o lucro mesquinho, já nada mais interessa. Depois: o vazio. É aqui que a literatura entra. Isso se quem escreve é um escritor sábio. Cardoso Pires foi um sábio.

Nos vãos da narrativa, os tempos se misturam, os lugares se deslocam e a imaginação se derrama sobre o real.

Como separá-los? Ainda será possível fazer isso? Por isso, a moça não se esquiva de dizer: "Ninguém sabe nada de mim". Podem ver seu corpo morto em um caixão barato, e as velhas que, enquanto o velam, fuxicam. Resmungam e reclamam, como se a menina ainda estivesse viva. Verdade ou devaneio? E o que importa? Cardoso Pires escreve sobre um fio de navalha. Avança com cortes secos, aplica golpes certeiros, e nos leva a saltar no tempo e no espaço, nos empurra para um lado e para outro. Obriga-nos a suportar sua inquietação. Apenas sua? Assim resumiu Inês Pedrosa, cedendo ao impossível: "José Cardoso Pires escrevia com a mão de um Christian Barnard e a precisão cromática de um Caravaggio, escapando ao logo infinitamente contido em qualquer ideia geral". Via uma generalidade: apagava-a. Deparava com um lugar-comum: jogava-o fora. Deparava com o bom-senso: esmagava-o. Dividido entre Barnard e Caravaggio — no vão entre os dois — tornou-se um exímio caçador do banal. Deixou-nos os restos de suas batalhas, essa literatura esplendorosa.

JOGOS
DE AZAR

A Charrua entre os Corvos

Há anos um pescador da Fonte da Telha a caminho da Albufeira descobriu, em certo ponto da costa, uma charrua carcomida, apontada para o mar. Encontrou-a entre as ervas do areal, cravada a fundo e de rabiça levantada, como se tivesse ido longe demais na sua tarefa de lavrar a terra e estacasse, num grande pasmo, diante do oceano. Os maçaricos e os corvos-marinhos cobriam-na de excrementos, a brisa salgada esfarelava-lhe o corpo de ferro.

À distância, o pescador em viagem julgou tratar-se de algum cadáver sobrevoado por pássaros vorazes. Mas quando se aproximou e reconheceu a charrua, olhou o mar, olhou o deserto de areia, olhou, enfim, a mata brava que se alongava por toda a costa, e perguntou a si próprio por que milagre aquele engenho de camponeses vencera a floresta e as dunas para vir morrer ali, entre os corvos do mar.

Nem ele, nem qualquer dos pescadores das redondezas, e nem mesmo os solitários mercadores que, no verão, percorrem a praia *tocando burros carregados de peixe, ninguém tinha uma resposta para esse mistério. Passavam por lá, interrogavam-se, se é que se interrogavam, e, em conversa, diziam: "Mais adiante, em passando o arado"..., ou "Para lá do arado, antes das Algaceiras..." E essa era a forma de consagrarem um sinal, uma referência, mesmo quando essa referência, jazendo definitivamente soterrada, não passasse de um eco indecifrável.*

Em maio de 50, meses depois de terem sido publicados os contos de Os caminheiros, *a charrua ainda lá estava. Era simplesmente uma haste de madeira (sugada como a dos mastros ou a dos remos ao sol das praias) e um anel de ferro pendurado nela. O resto, o cabo que a mão do lavrador tinha governado e o dente de aço que rompera a terra, tudo estava sepultado pelos ventos do areal e se resumia, como disse, a um eco, memória do homem.*

Nessa ocasião — recordo-me como se fosse agora — pensei não num cadáver devolvido à terra pelas ondas, como imaginou o pescador da Fonte da Telha, mas, pior ainda, naquilo que o desprezo, a natureza ou as forças do mal roubam ao indivíduo, privando-o dos seus gestos úteis à comunidade. Pensei, explicando-me melhor, em que, nesta data (1963) e neste mundo de hoje (idade dos astronautas), a fome elementar é cada vez menos um tema de Literatura, para ser unicamente objeto de resolução científica rigorosa e de estudo planificado, tal como o foi a lepra, por exemplo, que se despojou das suas mitologias do Velho Testamento logo que a medicina social lhe vibrou o golpe adequado.

Hoje os exotismos da fome perderam a ênfase bíblica. Já nem seduzem sequer os escritores populistas — os mais exigentes, entenda-se. Os bem-instalados passam por cima disso, sem remorso; falam dos romancistas da miséria como se a miséria fosse um flagelo natural que só ao futuro cabe resolver universalmente. Isto tratando-se de um mal de que se conhecem exatamente as causas, o vírus e a sua propagação, um mal bem-definido e de terapêutica comprovada.

Mas — continuei eu a discorrer, a propósito da charrua na praia — a vida primária e as desigualdades primárias existem em 1963 à face da Terra. É legítimo que se ignorem? Deveremos reduzi-las à sua explicação "física" ou à responsabilidade coletiva?

Penso que não. Penso que elas dispõem de dimensões morais, isto é, literárias, que as ampliam de significado e as não limitam à mera patologia social. A fome não é apenas um problema de sobrevivência, é uma questão de impossibilidade do exercício das capacidades do homem e do seu rendimento como tal. E, nesse sentido, a charrua entre os corvos (marinhos ou não, pouco importa) apresenta-se-me como uma imagem significativa.

Não a vejo como ilustração do espírito medieval, como instrumento insólito abandonado por um camponês em território de pescadores. Nem tampouco como último destroço da moral dos lavradores, tão temerosa de progresso e tão apegada às hierarquias divinizantes. Não. Para mim a charrua lançada aos corvos é um exemplo figurado da amputação do homem, um testemunho de certa destruição que se exerce, não imediatamente sobre ele, criatura física, mas sobre os instrumentos que o rodeiam, sobre os gestos e sobre as manifestações de atividade que o tornam utilizável como homem. E isso é uma outra espécie de fome, uma outra destruição.

Ao rever agora os contos do presente volume, sinto que muitas destas coisas podem vir a propósito da maioria deles. Da maioria, não de todos.

São em grande parte histórias de desocupados — *não no sentido naturalista do termo, espero —, de criaturas privadas de meios de realização, num plano objetivo em que as crepuscularidades da angústia não desempenham,* mea-culpa, *o papel tantas vezes conveniente ao gosto* preocupado *dos espectadores. Se nalgumas destas páginas, no entanto, isto que digo não é evidente, compreende-se: trata-se de uma coletânea em que reuni contos de dois livros diferentes, um publicado em 1949, o outro em 1952, e que correspondem a uma concepção de narrativa para mim bem-localizada e, sob alguns aspectos, distante. Por esse motivo, ao organizar este volume, ocorreu-me intitulá-lo "Visita à oficina", o que era uma maneira de regressar, através de um punhado de histórias, a uma experiência literária já vivida e, ao mesmo tempo, uma oportunidade de confronto e de meditação sobre o artesanato do escritor, sobre o jogo de fortuna e azar em que se lança alguém quando descreve um pouco do seu tempo.*

Jogo de azar é, pois, o palpite, o pressentimento, a sorte de intuição com que todo narrador, bom ou mau, estabelece certas relações para definir a natureza. Mas é mais do que isso, e mais importante. No fundo, talvez os desocupados deste livro devam a uma situação de acaso *(exterior a eles, à sua vontade) as for-*

Jogos de Azar

mas de existência que lhes são impostas... Se formos a ver bem, o fato é tanto mais verdadeiro quanto é certo que o indivíduo destituído de autoridade está condenado a tropeçar a cada passo nos caprichos daqueles que a detêm como exclusivo.

Mas isto levar-me-ia certamente ao ponto inicial: à charrua entre os corvos, aos desocupados, que são criaturas sem autoridade cívica, etc., etc., etc.

Lisboa, junho de 63

Carta a Garcia

Uma frigideira com iscas a rufar em lume brando; lá no alto, o esguicho áspero dum bico de acetilene.

Com três badaladas, uma bandeirola tombou no poste da estação, ao pé da alavanca das agulhas, e depois só ficou a voz de um homem gordo na carruagem da cauda:

"De então para cá já gastei para cima de seis contos. Seis contos só em papelada, é preciso que se note. E agora as viagens? E agora o doutor? E gratificações? E pedidos?"

O revisor fez que sim com a cabeça, porque seis contos é obra, e acrescentou:

"O cabo vai cheio de medo."

O homem gordo continuou a contar as suas queixas. Mas nesse próprio instante a carruagem estremeceu e o barulho das molas rangendo não deixou perceber a horrível moléstia dos suínos que, segundo ele, alastrava por Campo Maior, nem a pendência que travara com o cunhado no tribunal da comarca.

O comboio arrancou. Logo a seguir começaram a desfilar pelas janelas o relógio, o chefe da estação, o vulto de um velhote sacudindo uma lanterna, as sentinas HOMENS, SENHORAS, e, pronto, a luz recortou-se nas vidraças, correu por terrenos baldios.

"Vai assim, o cabo." O revisor fez um gesto com os dedos a explicar a que ponto o outro ia encolhido. "Assim", disse ele. "A esta hora nem um feijão lhe cabe no rabo."

O sujeito gordo escancarou a boca. Jurou mais uma vez que em pendências de juízes os da família ainda eram os piores e desatou a ressonar.

Foi assim, neste quadro, que o Oito-Correio partiu da estação de Pinhal Novo, levando na carruagem da cauda um revisor de terceira, um negociante e três correços sentados no banco fundeiro, conduzidos por uma escolta de seis praças e um cabo. E todos eles, passageiros e militares, iam envolvidos numa poeira pesada de fumo de tabaco e de luz bacienta, e todos gingavam os corpos aos solavancos da carruagem.

Para se equilibrarem melhor, os homens da escolta seguiam agarrados ao cano das armas, as coronhas bem-fin-cadas no chão. Amparavam a cabeça nos braços tensos, mas quando o sono os começava a tomar e os pulsos cediam ao peso do tronco, a coronha das carabinas resvalava pelo pavimento e acertava num dos capacetes de aço espalhados aos pés dos soldados. Então alguém dizia:

"Parece que está vivo, pá." E uma bota negra e enorme arrastava o capacete até ao lugar anterior.

Depois disto o militar estremunhado ajeitava-se no banco, deitando as mãos à arma com força redobrada. Mas

Jogos de Azar

em breve estava como os outros, os músculos ardendo-lhe, a carne pesada, os olhos brilhando de sono e de esforço como duas pontas de baioneta a espreitarem no corpo enrodilhado.

O cabo da escolta acendeu um cigarro. Chupou-o com força e, enquanto expelia o fumo pelo nariz, pôs-se a riscar o chão com a bota, pensativo.

Ao pé da coronha, duas pontas de cigarro espetadas num escarro meio seco, mais além outras, cascas de laranja e de amendoim, pontas e mais pontas. Um pouco acima, a meia altura dos joelhos, alinhavam-se as culatras, com os fechos na posição de segurança, e, finalmente, o cano das armas, as baionetas e as cabeças dos militares a bailarem, sem vontade, com a marcha do comboio. Tinham sido rapadas à navalha, cheias de marcas e de cicatrizes.

Só o detido do meio seguia de cabeça coberta, e tão encafuado levava o bivaque que lhe escondia as feições. Restava-lhe, quando muito, um bigode negro espalmado entre as abas levantadas do capote, a saltar de ombro para ombro dos outros dois presos, com os balanços da carruagem. A dada altura lembrou-se de perguntar:

"E o vinho?"

"Tens tempo", acalmou-o o correço da direita. "Compra-se agora na próxima paragem."

"Não, na próxima paragem não podem vocês comprá-lo. É um apeadeiro, não dá tempo para demoras."

"Não dá tempo? Quem é que disse a você que não dá tempo?"

O cabo encolheu os ombros:

"E ele a teimar. Compra-se aqui, compra-se acolá... Mas compra o quê?"

"O vinho, nosso cabo", tornou o preso. "Só uma gota para desfazer o melão."

"Come-se muito bem sem vinho. Ou você cuida que eu venho aqui para arranjar sarilho?"

O detido da direita ouvia tudo de cabeça baixa, mas neste instante não se conteve:

"Sarilho? Quem é que fala aqui em sarilho, nosso cabo? Vocês não estão a ouvir isto? Estás a ouvir isto, Espanhol?"

O prisioneiro chamado Espanhol estava a ouvir, estava. Sorria lá muito no íntimo, o bigode negro dançava entre as abas do capote. Preso à esquerda, preso à direita, e entre esses dois ele: um bigode.

Mas o da direita não se calava:

"Sarilho, vejam lá. Você está a sonhar com bruxas, nosso cabo?"

"Disseste, Zabelinha. Agora é que tu disseste tudo."

Zabelinha sorriu. Tinha umas faces de rapariga, e a malícia inundou-lhas com um brilho vago. Espanhol também sorria, mas sorrateiramente, de cabeça baixa; ele e o outro prisioneiro pareciam senhores de qualquer segredo que os divertia.

"Não, que eu bem sei no que isso dava", afiançou o cabo. "Com que então uma gota para desfazer o melão? Estava boa a gota, não haja dúvida."

Jogos de Azar

"Homem, era só uma gota. Ou você cuida que a gente trazia para aqui alguma pipa?"

Zabelinha gargalhou:

"Boa, Dois-Sessenta-e-Três. Marca lá um tento com essa."

Riu mais ainda. Ria sozinho e falava duma pipa que havia na terra dele onde um homem se podia enterrar até aos peitos, e com aduelas mais grossas que punhos e uns aros assim. Nem três gigantes de mãos dadas eram capazes de abraçar um tonel daqueles.

"Bom, e depois?", cortou secamente Dois-Sessenta-e-Três. Estava sério, talvez enojado de tanta conversa. "Que é que a gente tem com isso?"

O outro encolheu-se. Mas Dois-Sessenta-e-Três nem se dignou esperar por uma resposta, uma justificação. Pusera-se de pé e, muito simplesmente, tirava o melão da rede. Agora segurava-o com cuidado. Cá de baixo todos deitavam os olhos àqueles dedos grossos chapados na casca rugosa.

"Mas para que diabo quer você o vinho?"

"Para que é que eu quero? Essa é boa, nosso cabo. Então você acha que a gente come isto com mijo? Veja lá se acha, que é só emborcar o capacete."

Sustinha o melão no ar à altura da cabeça dos companheiros, sentindo nas mãos a aspereza da casca rija quase a ceder ao mar de sumo que lhe ia dentro. Ao mesmo tempo os olhos estavam-lhe suspensos da figura do cabo, sentado diante dele, com os dedos grudados ao cano da arma e um cigarro sem lume pendurado nos beiços. Esperava uma resposta do cabo e, como ele, todos os restantes soldados. Só que esses sorriam.

"Bom", disse o outro por fim. "E se eu autorizasse, onde é que vocês o traziam?"

"O quê? O mijo, nosso cabo?"

Estalaram gargalhadas. Zabelinha torceu-se todo a rir, a rir até as goelas se lhe embaraçarem e o sangue lhe arder na cara. "Ih, ih", fazia ele. "Ih, ih..."

Dois-Sessenta-e-Três tinha ganho tempo. De pé, ao lado dos outros prisioneiros e enfrentando a escolta, explicou então, com um jeito manhoso a arrepanhar-lhe a cara:

"Muito simples. Enchiam-se dois ou três cantis dele, nosso cabo."

"Sim? E vamos que dum momento para o outro aparecia por aí a ronda? Quem é que se trabalhava? Era eu ou vocês?"

O cabo fez a pergunta e estendeu o cigarro a pedir lume. Pegou-lhe primeiro com a mão direita, mas apressou-se logo a passá-lo para a esquerda, de modo a poder empunhar a espingarda com a outra mão em caso de necessidade.

Da ponta de lá da carruagem o revisor não lhe perdeu o gesto.

"Medroso", observou ele a meia-voz. "Medroso que nem um coelho."

Respondeu-lhe um ronco do sujeito gordo. Roncou a mastigar saliva com palavras soltas (farrapos de sonho)

Jogos de Azar

coçando-se e remexendo os beiços para voltar a ressonar compassadamente. O suor brotava-lhe das papadas lustrosas para os colarinhos ensebados.

O revisor abriu a janela. À volta, campos mansos, campos e mais campos, enrolados nas trevas de chumbo. A noite estava quente e, ao correr dela, a locomotiva cuspia faúlhas que se pregavam no ar com um ruído breve de papel rasgado.

"Senta-te", ordenou o cabo, e também isso não passou despercebido ao revisor. Estava à janela, mas acompanhava a cena dos militares no compartimento do fundo. "Senta-te, já disse."

Dois-Sessenta-e-Três olhou para o Espanhol, olhou para Zabelinha, enfim, olhou talvez para ele próprio, e obedeceu. Ficou calado, com o melão nos joelhos. O revisor então debruçou-se um pouco mais à janela, muito só.

Nem uma aragem. E apesar disso os correços levavam os capotes vestidos, amarrados na cintura com um cordel, já que os presos, como toda a gente sabe, devem seguir sem cinturão nem insígnias da unidade. Estes três iam no banco do fundo, guardados por uma escolta de sete homens que se sentavam diante deles, com os capacetes aos pés.

Só Zabelinha trazia o capote aberto: de alto a baixo havia uma fileira de pontos a marcar o sítio onde faltavam os botões. Durante a viagem passava continuamente os dedos ao de leve por aquelas linhas torcidas e quebradas, e tinha nisto um certo prazer, sentindo os espigões eriçados de encontro à pele. A bem dizer, era o que as suas mãos faziam constantemente quando não esgravatavam o nariz.

"Minha loba", resmungava a todo o passo, afagando sempre o capote sem botões. "Anda cá, minha loba..."

Embora calma, a voz saía-lhe carregada. Uma praça da guarda achou que não era nada daquilo, que ele não sabia imitar bem:

"O sargento nunca trata ninguém por tu. *Sua loba. Venha cá, sua loba...*, assim é que o gajo diz. É ou não verdade, Dois-Sessenta-e-Três?"

Dois-Sessenta-e-Três fez peito, cerrou os dentes e tirou pelo canto da boca um vozeirão lento, manhoso:

"*Sua loba...* Então que tal o passeio, sua loba?"

Os soldados acotovelaram-se, às risadas. Zabelinha riu forte e enquanto riu pôs-se a cacarejar "o filho duma cabra, o filho duma cabra", mas nem os outros dois presos nem os homens da escolta o entenderam, porque as gargalhadas acabaram por arranhar-lhe a garganta e a tosse tomou-o todo até às lágrimas.

"Venha cá, sua loba...", imitava o preso Dois-Sessenta-e-Três, e todos riam. "Com que então desertou para jogar ao botão? Foi isso, sua loba?"

Zabelinha estrebuchava, sacudia as abas do capote. Por fim lá conseguiu serenar: deitou a cabeça para trás, contra as costas do assento, como quem toma alívio, como quem se liberta dum esforço doloroso.

Jogos de Azar

"Oxalá a gente não o tope esta noite", murmurou daí a nada. Tinha agora o olhar parado, as palavras macias e calmas.

"E se toparmos, Zabelinha? Que é que isso tem? Come-nos? Achas tu que o sargento Ramos é homem para nos comer?"

"Ninguém diz menos que isso, Dois-Sessenta-e-Três. Mas..."

"Qual mas nem meio mas. O que tu tens sei eu. Mas, é das tais coisas, quem anda à chuva molha-se. Compreendeste agora, Zabelinha dum coirão?"

Zabelinha levantou os olhos para o companheiro. Durante algum tempo tremeu-lhe um sorriso nas faces de rapariga, depois a cabeça tombou-lhe e falou nestes termos:

"Não. Se julgas que eu estou a cortá-las do Ramos, estás muito mal-enganado. Só não gostava de o encontrar logo à chegada, que queres tu? Hoje, não sei o que é, mas não me apetecia. É uma fé, e daí? Uma fé como outra qualquer."

"Encontrar sempre vossemecê o encontra", disse o cabo. "E lá que o gajo é má rês, também não resta dúvida. Olhe, só queria que ouvisse o Rapa-Tacho. Até fica branco quando lhe falam dele. *Quem, o sargento Ramos? Chiça...* Bem, e o Rapa-Tacho não é peco nenhum, julgo eu."

Dois-Sessenta-e-Três dobrou-se para diante até descobrir o cabo na extremidade do outro banco:

"Mas quem é esse Rapa-Tacho, vamos lá a saber? Que é que esse gajo sabe de tropa para falar dessa maneira?"

"Homem..."

"Homem o quê?", rosnou Dois-Sessenta-e-Três. "Conheço o gênero, que é que você julga?" Tinha o melão apertado contra os joelhos, com força. "Conheço o gênero, fique-se lá com esta. E vivaços desses, sabe uma coisa?, como eu às colheres. Assim, olhe. Rapa-Tacho, palpitem vocês. É dos tais otários que dão os bons-dias lá nas berças e quando chegam aqui, catrapus. Esfolam-se como cabritos novos."

"Não diga isso."

"Digo, pois. Com que então torto", riu Dois-Sessenta-e-Três para com ele. "Torto, o sargento Ramos." Tornou a rir. E depois: "É porque esse Rapa-Tacho, ou lá o que é, nunca apanhou um homem torto pela frente, nosso cabo. Pode mesmo contar-lhe que fui eu que disse isto, está a compreender?"

"Uúúu, uúúu", fez o comboio a entrar numa curva.

"Ah, lindas", exclamou alguém.

"E se fosse? Sim, se fosse dos tortos, que é que isso me podia interessar? Comer não me comia ele, e se me comesse havia de me roer os ossos. Roer e roer bem, essa lhe afianço eu. Depois, nosso cabo, os tortos também se endireitam."

"Não será fácil."

"Não será fácil, diz você. Estás a ouvir, Zabelinha? Diz que não será fácil. Então pergunte a estes dois camaradas, nosso cabo. Pergunte só, e já vai ver se eu sou homem para

Jogos de Azar

me borrar diante dum torto qualquer. Até gosto, veja lá. Fosse eu sozinho, e ninguém me tornava a pôr a vista em cima. É o que lhe digo. Preso e tudo, pois então. Eles que lhe contem, nosso cabo. Nem sargento da guarda nem plantão me viessem às canelas, que os varria a todos duma vez."

Rangia os dentes para reforçar as palavras:

"Eu cegue se os não varria."

"Varria, varria", acenava com a cabeça Zabelinha para toda a escolta.

Mas o outro preso estava empertigado numa arruaça, os olhos duros de desafio:

"Não varria?"

O detido do meio passou os dedos pelo bigode com enfado porque, ora adeus, entendia que contra a farda ninguém pode. Disse-o, de resto — baixinho, quase num suspiro.

"Pode tal, Espanhol. Era só vocês quererem, e veriam se daquela vez alguém podia mais do que a gente. Nem o comandante, quanto mais... Mas vocês não quiseram, vocês falharam. Tu e este Zabelinha é que se encolheram. Mentira?"

"Vinha a dar no mesmo. Mais tarde ou mais cedo estávamos cozidos", respondeu o preso do bigode.

Galgando os rails numa curva, a carruagem jogou-os uns contra os outros; uma voz da escolta tornou a bradar com alegria:

"Lindas, ah, lindas!"

"Os sargentos têm aqui um grande músculo", afirmou Zabelinha, batendo com dois dedos no ombro, no sítio da passadeira das divisas.

"Isso é treta, pá. Desertor esquece a farda, nunca ouviste dizer? Vocês é que as cortaram, e o resto é conversa."

"Quem, eu? Mas alguma vez eu me neguei a fugir, Dois-Sessenta-e-Três? Está este aqui que pode testemunhar. Neguei, Espanhol?"

Os olhos de Zabelinha cresceram e ficaram como dois lagos de pasmo e de indignação nas faces miúdas. Dominou-se, no entanto, e, deixando pender a cabeça, disse em voz sumida:

"Se não queriam não se entregassem. A ideia não foi minha."

"Agora não há remédio", rematou Dois-Sessenta-e-Três. "O caso está arrumado e não se fala mais nisso. Que horas são?"

"Qual arrumado?"

Espanhol enfrentava pela primeira vez Dois-Sessenta-e-Três. Olhos com olhos, estiveram assim algum tempo e ambos sustentaram o olhar. Tensos, os homens tinham o ouvido aguçado a todos os ruídos, ao andamento da carruagem, ao deslizar dos capacetes no sobrado e ao homem gordo que ressonava.

"E tu achas que isto fica arrumado assim?", perguntou o Espanhol.

Jogos de Azar

"O que está feito, está feito", respondeu Dois-Sessenta-e-Três. "Agora é aguentar e cara alegre."

"Mas aguentar o quê?", tornou o outro; e desinteressou-se, encolheu o bigode entre as abas do capote.

E Zabelinha, de dentes apertados:

"Sim, aguentar o quê?"

Dois-Sessenta-e-Três teve um gesto gajão:

"Psiu. Cale a boca, que a conversa não é com você. Aguentar, Espanhol, é só isso e mais nada. Aguentar... Fui claro?"

"Mas aguentar o quê?"

"O que eles quiserem, é boa." E Dois-Sessenta-e-Três soltou uma gargalhada falsa: "Olha, aguentar a Carta a Garcia. A tal carta que o Careca da Primeira anda sempre a citar aos recrutas."

"Desconheço", disse Espanhol. "Nunca ninguém viu essa carta."

"Embora. O que é certo é que eles falam dela. A Carta a Garcia é uma coisa para mim, outra coisa para o capitão, outra coisa para estes otários que vão aqui a tomar conta da gente. Mas todos nós levamos uma Carta a Garcia. Essa é que é essa."

"E daí?"

"Daí", tornou Dois-Sessenta-e-Três, "a carta diz sempre o mesmo: aguentar o que a tropa quiser, fechar os olhos e andar para a frente. Falei certo, nosso cabo?"

Uma das praças pôs-se a troçar dos roncos do sujeito gordo, acompanhando-os com assobios lentos e compridos.

"Sua loba", recomeçou Zabelinha. "Venha cá, sua loba..."

Ia remoendo isto sem deixar de ratar o nariz com os dedos. À sua volta os soldados assobiavam em coro, arremedando o ressonar caprichado do viajante.

Mas quando um deles levantou a cabeça, o assobio morreu-lhe nos lábios. Tinha entrado um besouro pela janela e o soldado ficara-se a seguir-lhe as voltas. Aos poucos, os assobios foram-se apagando até restarem somente os suspiros do homem gordo e as pancadas secas do besouro encandeado, lançando-se à lâmpada ou espadanando as asas no vidro sujo da janela.

"É um besouro?"

Todos tinham agora os olhos levantados para o teto, e assim eram uma fila de caras atiradas para o ar. Mas o besouro acachapara-se na lâmpada, em silêncio, derramando a sua sombra parda pelo compartimento. Assim, não passava de uma asa enorme a carregar as faces dos soldados, grande e quieta como se estivesse espetada nas baionetas armadas.

"Ou é um besouro ou um moscardo-de-boi, não vejo bem daqui."

"Um moscardo dum tamanho destes?"

"Mas eu também não disse que era um moscardo. Eu disse um moscardo-de-boi. Faz a sua diferença."

Jogos de Azar

"Parece que dão sorte..."

"Os besouros?"

"Pois. Na minha terra dizem que é bom sinal aparecer um bicho destes."

Besouro ou moscardo, o que é certo é que todos os militares estavam voltados para ele, para esse ponto que esvoaçava, esse motor secreto, minúsculo. Tão depressa se despenhava do teto, raspando as asas pelas paredes, como ficava mudo e quieto em qualquer recanto misterioso.

"Talvez seja bom sinal para vocês", arriscou uma das praças da escolta. "Quem sabe se o primeiro Ramos já não faz serviço no Forte?"

"Olha que prenda, o primeiro Ramos. Nem que o Forte estoirasse esse saía de lá."

"Sua loba. Venha cá, sua loba..."

"Talvez tenha sido promovido. Os mais beras são sempre promovidos, não é isto verdade?"

"Ou reformado. Depende da idade."

"Qual quê, esse sorja não tem idade. Sua loba... Venha cá, sua loba..."

Dois-Sessenta-e-Três deu uma palmada no melão:

"Poça, Zabelinha duma cana. Outra vez o sargento Ramos? Mas quem me mandou a mim meter-me com gado deste?"

Levantou o braço por cima do preso do meio para alcançar Zabelinha, no outro lado do banco, mas ficou com ele no ar, suspenso a uma voz do cabo:

"Quieto."

A escolta em peso endireitou-se no banco. Mediu-o. Atravessavam nesse instante um entroncamento qualquer a grande velocidade. Sabiam-no, mesmo sem verem os sinais, as lanternas ou os vagões espalhados sobre os carris, mas apenas porque sentiam debaixo dos pés o rodado da carruagem a galgar um emaranhado de linhas cruzadas.

Dois-Sessenta-e-Três deitou um olhar incendiado ao prisioneiro Zabelinha e depois acalmou, pôs-se a afagar o melão que tinha nos joelhos, com gestos demorados. Passado tempo, virou-se para o cabo:

"Ouça lá, você há bocado não disse que só tinha medo que a ronda passasse? Então como é isso? A ronda pode passar com o comboio em andamento?"

"É muito capaz disso, que é que vossemecê pensa?"

"Com o comboio a andar? E como é que eles entravam, nosso cabo?"

"Lá como entravam não sei. Só sei que são capazes de tudo. É porque vossemecê não sabe o que são as rondas das estações, senão não fazia uma cara dessas."

E Dois-Sessenta-e-Três, agora com uma brandura velhaca:

"Peço desculpa, mas você é que está com uma cara de mil diabos. Espanhol, achas que o nosso cabo está com medo? Achas que está? É que parece, nosso cabo. Palavra. Se você visse a cara que tem..."

Um sorriso mole tentou fixar-se nas faces do cabo.

Jogos de Azar

"Pois sim, vá gozando. Vossemecês é que vão presos e eu é que hei-de ter medo. Não está mal achado, não, senhor."

"Ah, sim?", saltou logo Dois-Sessenta-e-Três. "Então por que é que não autoriza que a gente compre o vinho? Espanhol, achas que aqui o nosso cabo era homem para nos deixar ir beber um copo?"

Continuava todo inclinado para a frente. Encolhido, surgia à luz pesada da lâmpada como uma gorda mancha cinzenta enrolada na massa verde do melão, onde as mãos espalmadas se destacavam em duas nódoas claras.

"Eu é que sei", resmungou o cabo.

"E nós também. Nós também sabemos. Não sabemos, Espanhol?"

"Está bem, mas uma ronda de estação é uma ronda de estação. Bastava cheirar-lhes, e caíam-nos em cima como lobos. E depois? Depois cá estava eu para responder, não era?"

"Não entendo", disse Dois-Sessenta-e-Três. "Se vocês têm assim tanto medo à ronda, é porque no fim de contas vão tão presos como nós."

"Presos?", perguntou o cabo. "Por que presos?"

"Presos, sim, senhor", apressou-se o Espanhol a confirmar. "O Dois-Sessenta-e-Três tem razão. Basta um de nós querer, para o enrascar a si e à sua escolta. É isso que ele quer dizer, nosso cabo."

"Então está bem. Experimentem e verão como elas mordem..."

"Não é necessário, nosso cabo. A gente não estraga a vida a ninguém, pode estar descansado", disse o Espanhol. "Mas lá que vamos todos presos, é uma verdade."

Um dos soldados da escolta abriu os braços a espreguiçar-se. A discussão não o interessava, parecia.

"Por enquanto só vejo três detidos", resumiu ele para os outros camaradas.

"Três ou sete, depende. Por nossa causa vão aqui sete soldados. Podemos muito bem ser três guardas para sete presos. Onde é que está a dúvida?"

Dois-Sessenta-e-Três chasqueou:

"Aí, seu Espanhol. Somos três guardas para sete presos."

E Zabelinha repetiu:

"Três guardas para sete presos."

Conversa teimosa, para baixo e para cima; e o comboio um-dois, um-dois, esquerda-direita, um-dois. Comboio de soldados, sem dúvida nenhuma. Espanhol inclinou o pescoço, procurando descortinar a noite através da janela. Em vez duma árvore, dum pau-de-fio ou do quer que fosse, apenas descobriu as caras dos companheiros na vidraça enfarruscada.

"Enquanto não nos entregarem no Forte, tão presos vão vocês como nós", dizia Dois-Sessenta-e-Três. Acendeu um cigarro, o grupo desapareceu no vidro ao clarão do fósforo. Mas logo voltou de novo, e Espanhol via já a figura do companheiro tomando o peso ao melão.

Jogos de Azar

"Lá que tem boa cara, ninguém pode negar. É dos picantes, apostava."

"Pena tenho eu de o comermos a seco."

"Também se o não comeres agora, podes dizer-lhe adeus. No Forte não entras tu com a mais pequena coisa."

"Ah, isso há-de interessar-me um bocado."

"É proibido", esclareceu o cabo. "Proibidíssimo. Ninguém entra num depósito disciplinar de qualquer maneira, não pense. Mal vossemecê lá chegue, apalpam-no dos pés à cabeça."

"Isso é o que você julga. Se um homem fosse só a fazer o que eles querem, estava bem-arranjado."

Tirou um par de botas da *ordem* de cima da rede da bagagem:

"Veja se é capaz de topar aí qualquer coisa. Veja à vontade, nosso cabo."

Dois-Sessenta-e-Três ficou à espera. "E então?" Depois aproximou-se do outro e contou-lhe quase ao ouvido:

"Agora fique-se com esta, nosso cabo: se me dessem seis lençóis por elas, não as levavam. Nem por setecentos mil réis eu as entregava. Pode ver, pode ver à vontade. Só a minha amiga meteu aí cinco notas e meia, já vê."

Estava um trabalho perfeito. Todos os soldados observaram as botas, tentando dobrá-las pelas solas.

"Enrascar é que um homem não se enrasca", declarou o correço Dois-Sessenta-e-Três, sorvendo o cigarro a grandes baforadas. "Olhe; ainda ontem com a minha amiga na cadeia.

Enrasquei-me? Foi só estes dois pedirem para ir às retretes e, pronto, trabalhinho arrumado."

Falou então da amiga que tinha deixado em Évora, contrariada porque queria vir acompanhá-lo até ao Barreiro, ou, mesmo que não fosse até ao Barreiro, pelo menos até ao Montijo; teve de lhe deitar a mão e obrigá-la a ficar onde estava, que estava muito bem. Na sua opinião, parecia mal um homem vir de dama atrás naquelas condições.

"Ainda o botar luto, compreende-se. Luto pelo preso, enfim, é um subentenda-se. As mulheres lá têm dessas manias e não se deve ir contra certas coisas. Mas essa de ela querer vir atrás de mim, mais devagar."

Calou-se por algum tempo. Mas, descobrindo Zabelinha, amarfanhado no assento e com o capote aberto de par em par, voltou à carga, cheio de desprezo:

"Assim que eles te virem nesse preparo há-de ser lindo, moem-te a paciência. *Então que é deles os botões, sua loba?* Aposto que é a primeira coisa que te dizem. Mas também não há azar porque o Zabelinha nunca se atrapalha. Não é verdade, pá? Claro, Zabelinha é dos tesos. Tem esta cara de tanso, mas é dos tesos. Não és, Zabelinha? Olha, se eles te chatearem com o capote diz que andaste a jogar ao botão. Talvez pegue, pode ser que os gajos achem piada."

Os soldados trocavam sorrisos de entendidos, e Dois-Sessenta-e-Três, esse, arreganhava os dentes, ressaivado:

"Cá por mim vou satisfeito. Fiz tudo o que pude para dar vida negra a essa sargentada, é a consolação que me

Jogos de Azar

resta. Agora levo a bagagem em ordem, que é para não terem com que pegar. Mas a ti, vais ver. É só chegares e percebem logo que raio de merda és tu."

Cuspiu:

"Desertor de arrancar botões."

Espanhol olhava na vidraça o grupo gingando nos bancos, os morrões dos cigarros avivando-se a cada chupadela dos lábios dos militares, o vulto do Zabelinha, esfrangalhado e frágil, vulto de espanta-pardais.

E então nasceu a lua. Espanhol viu-a aparecer a um canto da janela como um farrapo de sangue negro e, por baixo, o melão que Dois-Sessenta-e-Três erguia no ar.

"Que lucro tirou um gajo destes em arrancar o resto dos botões? Mas você não acha, nosso cabo? Ainda nos vai lixar a todos por causa duma porcaria de nada. Só à porrada, carago, palavra que só à porrada."

"Deixe-o lá. O rapaz não se vai a meter com ninguém."

"Se lhe parece... O comboio anda e o Forte não sai do mesmo sítio. Vocês é que ainda não toparam nada, mas eu já percebi a coisa. Estás a vê-la parda, não é, Zabelinha? Sua loba, então perdeu o pio, sua loba?"

Zabelinha, soldado recruta cento e vinte e sete de quarenta e seis, da segunda bateria, punido pela primeira vez em ordem de regimento por falta de zelo e deserção, ergueu a cabeça. As sombras encheram-lhe as faces sem barba e todos lhe viram uma profunda ruga cavada na testa. Não disse palavra, ficou apenas com as mãos delicadas a balouçar entre os joelhos, presas nos pulsos secos.

"Perdeu o pio, sua loba?"

"Larga lá o gajo e vamos ao melão", disse um soldado; e, sem esperar mais, premiu a mola duma navalha. A folha curva estalou no ar como uma flecha, mas o cabo estendeu o braço para ele, muito rápido:

"Eu corto."

Soldados e prisioneiros ficaram varados, incapazes de lhe travarem o gesto.

"Que diabo, nosso cabo..."

Mas o cabo apertava ainda a navalha como se os dedos não lhe obedecessem à vontade. Largou-a por fim, sentindo na mão os vincos crespos que as ferragens lhe tinham deixado.

"Vá lá. Mas assim que não for precisa volta para o bolso."

Espanhol seguiu com os olhos o golpear da navalha. Depois de esquartejarem o melão pediu-a e ficou-se a passar-lhe a mão pelo fio.

"Mau...", rosnou o cabo.

"Não há azar", disse baixinho o Espanhol como se segredasse à navalha.

"A cortar é como uma lanceta", afirmou alguém.

E o dono confirmou que era de fato e que tinha gume de sevilhana autêntica. Espanhol ouvia, apalpava o cabo de chifre, media a força da mola. Sevilhana?

Jogos de Azar

"Com certeza que não me queres ensinar a conhecer uma sevilhana", disse. "Onde é que tu já viste sevilhanas com um cabo destes?"

Tinha certamente razão. Nem o cabo nem o recorte da folha garantiam que se tratasse de uma sevilhana; pelo menos, de uma sevilhana de lei. Folhas há muitas e de diversos feitios, mas qualquer navalha, mesmo a de Albacete, quer-se branda, que é como convém a um bom gume. Branda, *pero dura*, como diria Baldomero Quentin, caldeireiro e ferrador de San Benito, que temperava os melhores gumes da Estremadura.

Morte, liberdade, lua — tudo isso está ligado à folha das navalhas, à pureza do seu traço e à pronta e súbita alegria com que elas se declaram nos dedos sábios dos lutadores. E dança: também há um movimento de dança, de capricho e de romaria nas formas ágeis de uma lâmina bem-talhada; e ainda pão, um fio de lembrança, um odor de pão fresco, porque as navalhas não são inúteis, simples instrumentos de morte como as baionetas, por exemplo. Nas navalhas está tudo — e esse era um dos ditos do caldeireiro Baldomero quando recebia contrabandistas. Está tudo, realmente: pão e sangue, solidão e amor. *Qué vá*, Espanhol não sabia por quê. Estava tudo, era mesmo assim.

"Queres ou não queres, pá?"

Viu na vidraça Dois-Sessenta-e-Três a oferecer-lhe uma talhada de melão. Não quis, obrigado. O outro levou-a à boca e mordeu-a sofregamente. Mas à terceira dentada começou a falar, a comer e a falar, e com olhos desconfiados.

"Sempre é verdade, nosso cabo, que há lá a tal casa redonda? Ouvi dizer que no inverno chega a ter dois palmos de água no chão... É verdade isso, nosso cabo?"

"Barril", murmurou da outra ponta Zabelinha.

E Dois-Sessenta-e-Três:

"Barril? O quê, também lá têm barril de água como em Elvas?

"Barril de água?", perguntou o cabo.

Um soldado da escolta fez que não com a cabeça:

"Barril de água só em Elvas."

"Só em Elvas, não é? Claro, este Zabelinha é que é uma besta", tornou Dois-Sessenta-e-Três. "Sua loba. Queria Barril, sua loba?" Calou-se, recostou-se no assento, mas daí a nada voltava às perguntas: "E casa redonda?"

"Casa redonda, sim. Quem já lá esteve diz que a salvação dum homem é um pilar que há ao meio. Parece que a melhor maneira é despir as calças e dormir amarrado a esse pilar, caso contrário, já sabe: se acorda com os pés na água, os ossos emperram e os pés incham de tal maneira que arrebentam as botas."

Dois-Sessenta-e-Três tinha parado de comer. O sumo escorria-lhe pelo queixo.

"Pois é, parece que corre água todo o ano das paredes e do teto. Mas para aí poucos vão e comigo não devem eles pegar. Só se for para o barril... sim, para o barril não digo que não. Mas mesmo para aí um homem pode negar-se."

Jogos de Azar

O besouro adejava algures, o gordo adormecido resfolegava profundamente.

"E no caso de um homem se negar? Que é que eles fazem quando alguém se nega ao barril?"

"No Forte não há barril. Só casa redonda."

Durante algum tempo Dois-Sessenta-e-Três ficou quieto, esquecido. Depois contemplou o resto do melão, devorou-o à pressa, em duas dentadas, e atirou a casca à cara de Zabelinha:

"Aguenta, desertor."

O outro limpou o rosto com o barrete, e mais nada. Calado, calado e triste. E o Dois-Sessenta-e-Três fitava-o atentamente. E rezingava:

"Sua loba..."

Espanhol continuava de cara voltada para a vidraça, a navalha na palma da mão. O besouro espadanava em qualquer canto, a janela estremecia, negra e suja de fumo, e o comboio corria pelo descampado. Uh-uh, esquerda-direita, um-dois... A noite quente, o besouro zumbindo e a lua bruxa no canto da vidraça.

Lentamente, muito lentamente, Espanhol passava os dedos pela folha curva, pela lisura do cabo da navalha.

"Navalha sevilhana...", ia pensando em voz sumida.

Assim como uma criança acaricia uma boneca perdida, assim fazia ele à navalha aberta na palma da mão.

Amanhã, se Deus Quiser

Sábado à noite a minha irmã não ia às aulas do Instituto.

Embora o médico a tivesse avisado de que nunca, mas nunca, deveria trabalhar ao serão, ela lá estava toda dobrada sobre a máquina de costura, chorando cada vez mais dos olhos. E cada vez mais, também, a vista lhe ia enfraquecendo pela noite fora até que, às tantas, já não era apenas a agulha que devorava metros e metros de pano, mas toda ela, acompanhando os pontos com as lágrimas que lhe deslizavam do rosto.

"Se algum dia tivesse de trabalhar em obra fina, estava perdida", ouvia-a dizer em certas ocasiões. Referia-se evidentemente ao perigo de manchar um tecido precioso com as lágrimas, e suspirava limpando-as às costas da mão.

Esfregava muito a cara, tinha-a afogueada. Passava a semana a batalhar com quilômetros de fazenda que lhe mandavam, cortada, do Casão Militar, e nos serões de sábado e de domingo quase cegava de esforço. A pouco e pouco ia descaindo a cabeça, a princípio debruçada e por fim toda estendida sobre a máquina de costura, e pedalando sempre pela noite além. Naquela posição, tão atenta e silenciosa, a minha irmã parecia escutar uma longa e amarga conversa que a agulha lhe ia ditando ao ouvido enquanto o tecido — áspero cotim de militares — passava por entre elas as duas, mulher e máquina, regado de lágrimas a todo o comprimento.

Em casa só tínhamos lâmpadas de quinze velas e, mesmo assim, nos últimos dias do mês, éramos obrigados a usar o candeeiro a petróleo para evitar as multas do racionamento. De modo que, enquanto podíamos gastar eletricidade, havia um cartão amarrado à volta da lâmpada para dirigir a luz sobre a minha irmã. O resto da sala ficava então nas trevas. Distinguiam-se vultos de móveis, paredes, vidraças cruzadas e tiras de papel (conforme obrigavam os legionários da Defesa Civil, copiando a Europa que andava em guerra) e, a um canto, boiando numa ilha de luz, a minha irmã à máquina.

"Então?", perguntou-me a mãe assim que entrei. Estava também a costurar, sentada numa cadeira baixinha, e partia uma linha com os dentes. Ficou com ela pendurada na boca, a fitar-me.

"O jantar, mãe."

Eu a dizer isto, e o pedal da máquina de costura a suspender-se como que por milagre. Sentei-me à mesa, adivinhando o olhar da minha irmã pousado sobre mim, percebendo o silêncio da máquina, de que dependia esse

Jogos de Azar

olhar, e percebendo igualmente que a mãe continuava suspensa, com a linha partida pendurada nos lábios.

"A comida", tornei eu a pedir, debruçando-me ainda mais sobre o oleado que cobria a mesa.

Então a mãe abandonou o monte de roupa que tinha no regaço e endireitou-se com um suspiro fundo que lhe fez estremecer o peito. Em seguida espetou a agulha na gola do vestido.

"Já calculava", disse. "Paciência, que havemos nós de fazer?"

A passos cansados, veio colocar-se diante de mim. De pé, apoiada à mesa, as mãos tremiam-lhe muito, escuras e gretadas por golpes de facas de cozinha e pela lixívia.

"Nem ao menos te deram uma desculpa?"

Eu, pela minha parte, percorria o oleado com os dedos, ao acaso, levantando pedacinhos de tinta com a unha nos sítios onde estava estalado.

"Paciência", tornou a mãe. "As coisas não hão-de correr sempre mal, deixa lá. O principal é uma pessoa não desanimar."

Saiu, a máquina de costura recomeçou a matraquear, mais forte e mais raivosa do que nunca. Voltei-me para a minha irmã, mergulhada na fazenda que a agulha mordia a correr. As pernas dela mal sustinham o ritmo do pedal, as veias do pescoço quase estouravam de tensas. Encostava a cabeça à agulha e toda a sua figura, abafada no cotim dos militares, parecia envolta numa desordem de retalhos e de linhas de coser.

Senti um barulho de pratos na cozinha, as pancadas ocas do contador da água e, não tardou muito, a mãe estava de volta com o jantar:

"Bem podias esperar pelo pai..."

O gato saltou da floreira de cana para cima da mesa.

"Chta, gato." A minha mãe afastou-o com um safanão. "Quando o pai vier, vou ter que ouvir... Sabes bem que ele não gosta que coma cada um por sua vez."

Peguei num carapau, mastiguei-o com espinhas e tudo. Tinha pressa, comia e, sem perder tempo, enchia o púcaro de vinho.

"Tira dos do fundo", continuava a minha mãe. "Destes maiores. Assim, confesso, nem a comida rende. Agora come o filho, agora come o pai... vida de ciganos, é o que isto me faz lembrar."

Sentada à minha frente, pendia-lhe sobre a testa uma madeixa de cabelos e os olhos piscavam-lhe no meio de muitas e pequenas rugas. Piscavam mais em certas ocasiões, muito particularmente quando estava vencida ou quando meditava.

"Ao menos esses são unidos", acrescentou. "Nunca lhes falta trabalho."

"Quem?", perguntei, com a boca cheia.

E ela respondeu:

"Os ciganos."

Jogos de Azar

No andar de cima soaram os sinais da BBC. Começaram muito fortes e roufenhos, mas o vizinho abaixou rapidamente o som do aparelho e tudo ficou em sossego como dantes. A mãe abanou a cabeça, desgostosa:

"Aquele ainda vai parar à cadeia, vocês verão. O que vale é a gente não ter telefonia, senão talvez julgassem que éramos nós."

"Ora", disse eu. "Qualquer dia estão eles lixados. Qualquer dia os ingleses vêm por aí fora e depois é que a gente vai ver como é. Qualquer dia..."

"Cala-te, filho. Para arrelias bem bastam as que já temos. Deixa que, se a fome é triste, a guerra ainda é pior."

Cerrei os queixos, pus-me a mastigar com ódio. Cada dentada, cada pedaço de pão que mordia era acompanhado de um desabafo mil vezes ouvido e repetido entre os meus companheiros desse tempo: "Antes estivéssemos também em guerra, antes a guerra, antes a guerra..." Era todos os dias o mesmo: víamos cruzes suásticas por todo o lado, cruzávamo-nos com cavalheiros de emblema nazi na lapela, sabíamos como os estudantes cumprimentavam agora os professores — de braço levantado, em continência — e remordíamo-nos por dentro. "Pior do que a guerra só isto, esta merda morna."

Mas a mãe conhecia-me. A mãe ficou à espera de poder voltar à sua pergunta e daí a nada foi a altura, entendeu ela:

"É certo que não te disseram nada?"

"E a mãe a dar-lhe. Dizer o quê? Que é que vossemecê queria que eles dissessem?"

"Não sei..." Coitada, coçava e tornava a coçar a cabeça com um gancho do cabelo. "Não acho bem... Entendo que não se despacha assim uma pessoa sem uma explicação."

Fiz um sorriso cá comigo:

"Explicação..."

E a mãe, sempre muito calma:

"Pois, uma palavra. Uma esperança quanto mais não fosse." Estava alheada, só pensava nas arrelias dela, que eram muitas e constantes. "Digam o que disserem", continuou, passados momentos, "a culpa também pertence ao liceu, que só serve para quem é rico. Bem fiz ver isso ao teu pai, mas quê. Trago-te a sopa?"

Fiz que não.

"Ficaste mal. Come mais qualquer coisa, anda."

"Estou bem, deixe lá."

"Se o teu pai me tivesse dado ouvidos, nada disto acontecia. Assim, nem curso nem ofício. Aí está no que deram as teimosias. E isto numa época em que outros, com muito mais posses do que nós, já não queriam saber do liceu para nada. Esses é que tiveram juízo. Escolas industriais ou cursos de comércio é o que hoje em dia dá para os empregos. O resto é vaidade. Bem fizeram esses, que não se arrependeram."

Lá dentro, no quarto independente, o hóspede assobiava à criada do lado. Chamava-a com esse silvo longo, mais de

Jogos de Azar

pássaro do que de homem, sugado e não expelido como os assobios vulgares. Era um apelo, um trinado amoroso, muito em uso nos conquistadores de vila, nos estudantes da província que se instalaram nas cidades, trabalhando em repartições do Estado; nos pedreiros-camponeses que também vieram refugiar-se na cidade; e nos moços das obras, principalmente.

"Escuta", disse a mãe.

Mas não era o assobio do hóspede que a preocupava. Preocupava-a, sim, a telefonia do vizinho, repetindo as badaladas do Big Ben. Contou-as, sempre com os olhos no relógio da sala, e no fim suspirou tristemente:

"Não há dúvida, dez horas. E o pai sem vir, Dete."

A minha irmã pôs-se a remexer à pressa a caixa da costura:

"Descanse que em se lhe acabando o dinheiro está aí. Não digo isso? Ah, pois não. Enquanto houver amigos e copos de vinho a família que se amole."

"Fracos amigos...", comentou a mãe quase em segredo. "Se os amigos valessem de alguma coisa, há muito que o teu irmão estava empregado." E mais discretamente ainda, como se pensasse: "Bem sei que uma coisa é ter amigos, outra é ter conhecimentos."

Odete fechou a caixa com estrondo:

"Lá está a mãe a desculpá-lo." Atirou-se de novo à costura, com gestos sacudidos. "Gaita, nesta casa não se ouvem senão desculpas."

Acendi o cigarro que tinha guardado para depois do jantar. O gato roçava-se pelas minhas pernas, chamando-me com as garras e com o pelo. Atirei-lhe um pontapé por baixo da mesa.

"Selvagem", gritou logo a minha irmã.

Dum salto, o bicho refugiou-se na floreira, os retratos que estavam em cima dela espalharam-se pelo chão. Enquanto eu me baixava para os apanhar, Odete desatou a protestar, cada vez mais irritada, e dava puxões bruscos na costura. Dizia que ninguém podia suportar a vida naquela casa e que não eram elas, mouras de trabalho, que tinham culpa dos azares que aconteciam aos homens lá fora.

"Se se quer vingar, vingue-se nele. Não somos nós nem o pobre do animal que estamos para lhe aturar os azedumes."

Cheio de paciência, fui arrumar os retratos pela ordem em que costumavam estar expostos na floreira, à volta da cigana de barro e de um grande búzio enfeitado com um laço de seda. Havia, no meio deles, uma litografia com barra encarnada e verde, representando o presidente Dr. Teófilo Braga, e um calendário americano mandado pelo meu tio de Fall River, Massachusetts. O mais eram recordações antigas: fotografias do pai durante a guerra de 14-18, dum almoço de ferroviários na Outra Banda, e assim por diante.

"Pronto", disse eu, preparando-me para sair da sala. "Tenho de ir ter com um amigo por causa do concurso."

Jogos de Azar

"Outro concurso?", perguntou a minha mãe. Sentou-se na cadeira. "Mais papel selado, louvado seja Deus. Só o dinheiro que o Estado come nos concursos dava para sustentar meia dúzia de famílias. Também são precisos livros para esse tal concurso?"

"Não, senhora. Para este, o mais importante é a prova de máquina. Tenho de ver se descubro..."

A mãe não me deixou acabar:

"A máquina, a maldita máquina." Calou-se, pôs-se a abanar a cabeça, desalentada. "Sempre a maldita máquina... E gastamos nós tanto dinheiro no liceu para nem sequer te ensinarem a escrever à máquina."

"Até logo, mãe."

Mas ela teve uma ideia repentina. Como sempre que lhe luzia uma esperança, um desejo, apertou muito os olhos e falou num tom astucioso, de segredo:

"Espera... E se o pai pedisse ao Guedes? Antigamente, no piquete de Campolide havia uma máquina de escrever. Ou será confusão minha?"

"Depende do teclado, mãe. Nem todas servem para o concurso."

"Ah, mas aquela é boa de certeza. A Companhia só tem o que há de melhor. Acho que sim, o teu pai podia falar ao Guedes para ele te deixar ir lá praticar. Jesus, tão tarde e aquele homem sem aparecer."

"Se julga que vou consigo, está muito enganada?", avisou Odete. "Tem aí o Chico. Ele que vá procurar o pai, se quiser."

Aquilo, já se vê, era simplesmente desabafar — falar por falar. Tanto eu, como a mãe, como a minha irmã, sabíamos que os homens, quando em companhia de taberna, jamais se deixam arrastar para casa por outro homem. Sempre assim foi, e muito particularmente no caso do meu pai. Estou a ver aquelas duas almas a procurá-lo, alta noite, de capela em capela do bairro (dessas que têm o letreiro "*É proibido discutir política*"), até o descobrirem, diante de um balcão, a arrastar uma conversa enfadonha e complicada. E vejo-as então, mãe e filha, rondando a porta, sem se atrever a entrar no antro do vinho e dos homens, chamando-o cá da rua por acenos.

"Há-de ouvir-me, Dete. Desta vez há-de ouvir-me", prometia a minha mãe. E a seguir, quase que só para ela: "Mas primeiro quero que ele fale com o teu irmão por causa da máquina de escrever."

"Fale-lhe antes a mãe."

"Não, Chico, tu é que sabes o que é preciso."

"E a prestação?", perguntou de lá a minha irmã, como que por acaso. Arrancava alinhavos com a ponta de tesoura.

"É verdade, a prestação. Fala-lhe hoje, Dete. Aproveita, se ele vier bem-disposto."

Odete teve um sorriso feroz:

"Eu? Não faltava mais nada. A quem é que eu emprestei o dinheiro? Foi a si ou ao pai?"

"Embora... Se lho pedires, ele dá-to."

Jogos de Azar

"É o dás. Não, mãe, agora sou assim. Nem mais um tostão enquanto não tiver as lentes novas. Nem-um-tos-tão."

Debaixo do foco de luz, toda salpicada de pontas de linhas e no meio de cortes de fazenda atirados a monte para o chão, a minha irmã parecia um espantalho de trapos. Ao falar, a sua sombra estorcida na parede quase desabou sobre ela.

"Estou farta, senhora. Fartíssima."

A mãe pôs-se a varrer a sala, colhendo, aqui e ali, desperdícios da fazenda. De quando em quando parava para olhar o relógio e suspirava.

Em determinado momento Odete levantou-se. Limpou o rosto ao lenço e sacudiu o vestido:

"Vou à capelista comprar linha."

"Espera mais um bocadinho. O pai não deve tardar."

"Não é preciso", respondeu a Odete. "Eu ponho do meu dinheiro e vossemecê logo pede-lho. Mas sem falta, ouviu? Hoje temos de fazer contas, dê por onde der."

Saiu. A mãe descansou a vassoura.

"Valha-me Deus", disse de si para si, de maneira resignada. A seguir fechou a tampa da máquina, cobrindo-a com a capa de chita.

Ouvíamos os movimentos da minha irmã lá dentro. Abria gavetas, arrastava cadeiras, e agora estremecia a casa toda andando à pressa pelo quarto.

"Está histérica aquela fulana", resmunguei eu.

"Coitada", murmurou a mãe. "Bem basta o mal dela, quanto mais as arrelias. Não, Chico. Realmente já é abusar. E olha que o que ela tem é sério. O oculista disse que nem os melhores vidros curavam já aquela inflamação."

O assobio do hóspede voltou a tremular na noite. Percebi então que a Odete tinha sossegado e que, à margem da fúria dela, da casa e de todos nós, o apelo amoroso se tinha mantido, vivo e indiferente, a deslizar pelo serão fora. A mãe levantou a mesa e quando veio da cozinha voltou-se mais uma vez para o relógio:

"Por onde andará aquele homem, não me dirão?"

Estava entre a porta como se pedisse contas, para lá de mim, ao tempo do relógio, à justiça ou ao bom-senso de toda a gente.

"Pode lá ser", repetia.

Então deu um jeito no cabelo e decidiu-se:

"Vou procurá-lo. A esta hora só se for na Cova Funda ou nas Portas Verdes que a gente o vá encontrar. Mas tem de ser, vou. Dete, ó Dete."

O hóspede interrompeu o assobio.

"Não ouves?", gritou a mãe, para o fundo do corredor. E para mim: "Deste razão de ela sair?"

Nem esperou pela resposta. Desandou pela casa a falar sozinha, como era seu costume.

Saí também, fui ao meu quarto vestir o sobretudo. Reparei então que, embora o hóspede tivesse recomeçado a assobiar, o que me chegava agora era um segredar confuso

Jogos de Azar

de choro e de conversas no quarto da minha irmã, transbordando por toda a casa. Não tardou que a mãe aparecesse diante de mim, os braços pendurados ao longo do corpo, a censurar-me desajeitadamente com o olhar:

"O que tu fizeste, Chico."

Deixou-se cair em cima da cama, desalentada.

"Eu? Que é que eu fiz, senhora?"

Sentada, apertava a cabeça nas mãos e, ao levantar os olhos para mim, tombou sobre a coberta, aos soluços.

"O que tu foste fazer, meu filho. O que tu foste fazer."

"Pare com isso. Explique-se."

Mas ela não me respondia. Abanava a cabeça dum lado para o outro, falando entre soluços, como se estivesse a repetir uma arenga de lamentos:

"Só me faltava esta desgraça. Só me faltava isto, meu Deus. Mas que pecados cometi eu, Senhor, para me cair tanto castigo em cima? Dizei-me, Senhor..."

"Mas o que foi? Diga o que foi, com mil diabos."

Sorvia ruidosamente as lágrimas. Dávamos com ela em doida de certeza. Ralações, marido, filhos, tudo. Assim não podia haver almas que resistissem. Chorava e sorvia as lágrimas.

"Meu Deus, meu Deus. Por que razão me dais tanto castigo, Senhor?"

Foi quando a minha irmã apareceu para a socorrer. Não chorava, mas tinha as faces tão inchadas e os olhos tão grossos que o rosto estava transformado numa chaga. Abraçou-se à mãe e tentou consolá-la:

"Eu peço ao pai, deixe lá. Se ele não me der, a capelista fia."

Também ela fugia de me olhar. Tremendo em soluços abafados, agarrava-se com desespero à mãe, implorando-lhe por tudo que não chorasse.

"Não se apoquente, o dinheiro é o menos..."

Ouvi um roer de chave na fechadura e apressei-me a acalmar:

"Mãe..."

Desvairada, Odete cresceu para mim, a escumar de raiva:

"Ladrão. Canalha. Ao menos não o roubasses todo, canalha."

Fiquei, confesso, varado por tanto ódio que lhe incendiava o rosto e as palavras.

"Roubasse?", repeti, meio entontecido. "Não, Dete. Palavra que não toquei no dinheiro. Palavra, Dete." E sentindo a porta da rua a abrir-se de mansinho, baixei mais a voz: "Talvez o tivesses perdido. Estás a ouvir, Dete?"

A porta da rua não se fechara ainda. Por certo o meu pai estava à escuta.

"Cínico", gritou Odete o mais alto que pôde. "Gatuno, parasita."

Agarrei-a por um braço, fazendo por dominar-me. Ela cuspiu-me na cara.

"Parasita, parasita, parasita."

Jogos de Azar

Por cima dos insultos e dos safanões de Odete, o estrondo da porta da rua abalou a casa.

"Jesus", gritou a mãe; deste modo: Jesuuuuu... E o som só se quebrou quando o pulso cabeludo do meu pai cortou o ar.

"Cabrão", rosnou ele, atirando-me um murro que me esvaziou o peito.

Espalmei-me contra a parede, cobrindo-me com os braços.

"Mãe, diga-lhe para não bater..."

Os ouvidos pesavam-me, lambi o sangue morno que me escorria dos lábios.

"Diga-lhe para não bater..."

Gemi. De dentes cerrados atirei-me para a frente, alguma coisa tombou a meus pés e logo senti um corpo a espernear debaixo dos joelhos.

Depois corri para a rua.

Agora há não sei quantos dias que não vejo a minha velhota. Da última vez que ela me procurou conversamos como duas pessoas que se encontram com mil precauções, ou então como um preso que é visitado pela mãe, estando o preso neste caso em liberdade. Trazia-me alguma roupa, dinheiro e cigarros.

Espero tornar a vê-la, mas receio bem que demore a aparecer pelas dificuldades do costume — dinheiro, já se vê. Será isso ou estarei a inventar desculpas? ("Nesta casa não se ouvem senão desculpas", dizia a minha irmã Odete.)

De qualquer maneira, preciso duma camisa lavada, peúgas e uma gravata. Logo que as tenha, vou ao Ministério falar com o doutor Mateus por causa do concurso. Digo-lhe que venho da parte do senhor Júlio da Estação, do parente — cunhado, parece-me.

Da outra vez em que estive com o senhor Júlio, ele pensou, repensou, e garantiu que havia de me arranjar qualquer coisa. "Vai-se ver, vai-se ver", dissera ele.

Os Caminheiros

António Grácio disse:

"Vida dum capado. Amaldiçoada seja ela mais aquele que a inventou."

O companheiro escutou e seguiu: sempre a direito e de cabeça levantada na mesma direção. De vez em quando estendia a bengala a tatear o asfalto.

"O teu compadre garantiu-te que vinha?", perguntou.

"Que vinha, não. Nós é que íamos ter a casa dele. O que se combinou foi isso."

"Nesse caso..."

"Foi isso", repetiu António Grácio. "Comprometeu-se a esperar por nós toda a tarde."

"Hoje?"

"Hoje, catano, hoje. Ainda não estou com tão má memória que me esqueça das combinações que faço. Se esse meu compadre se esteve borrifando e foi lá para a cidade ou para o raio que o parta, pior para ele. Que se trabalhe. O interesse é dos dois, não é só meu."

Ouviram um buzinar de automóvel e desviaram-se para a berma da estrada. António Grácio segurou o braço do companheiro: alguns metros adiante, uma cobra pardacenta lançava-se ao caminho precipitadamente.

"O que foi, Tóino?"

Estavam ambos parados. O carro passou como um sopro de fogo, a carroçaria a rebrilhar, os vidros a chisparem faúlhas de sol. À frente dele a cobra deu um salto, escapou-se numa volta, mas o condutor fez uma curva propositada e os pneus cortaram-na pelo meio.

"O que foi?", insistiu o outro.

"Uma cobra. O automóvel apanhou-a."

Deram mais alguns passos, até que António Grácio mandou parar o companheiro. Aos pés deles, a cobra contorcia-se, dividida em dois pedaços. A parte da cauda, presa ao alcatrão pelo ponto em que partira, estava quase imóvel, sem vida, enquanto o resto do corpo se sacudia no meio duma mancha de sangue e de escamas.

"É uma rateira", concluiu Grácio. Observava as manchas largas que ela tinha no lombo, a cabeça pontiaguda, essa muito branca, os olhos vivos e a língua que tremia, solta no ar. "Não há dúvida. Pelos sinais, é uma rateira legítima."

Posto isto, ele e o companheiro seguiram jornada. Grácio devia ir a lembrar-se da cobra, das manchas e dos sinais que a distinguiam das outras, porque pelo caminho voltou a falar dela. Disse então:

Jogos de Azar

"Para mim, o que mais me espanta é encontrar uma rateira por estes sítios. Mas não há dúvida, era uma rateira e das boas. Só tenho pena que não se possa aproveitar a pele, Cigarra."

O outro ouviu e guardou silêncio. António Grácio continuou:

"É certo que agora é a época do cio e, portanto, elas não escolhem sítio. Mas para uma rateira andar por estas bandas é porque a trazia fisgada. Talvez andasse à caça, quem sabe?"

"Viste-la bem? Tens a certeza que era uma rateira?"

"Certezíssima. Trabalhei nos poços da Gafanha e conheci toda a qualidade de cobras. Bichas-de-água, rateiras, guardas-de-telhado, tudo. Lidei com elas, Cigarra. A mim ninguém me ensina a diferençar uma rateira."

Os dois caminheiros seguiam ao sol pelo meio da estrada. Palmilhavam um troço desabrigado, planície à esquerda, planície à direita, e muito naturalmente, à falta de sombra, escolhiam o terreno mais certo, o de melhor piso.

"Calor dos infernos", protestava António Grácio a todo o passo. E mais adiante, referindo-se ainda às cobras: "Neste tempo andam elas pelos feijoais à procura de macho. As bichas-de-água, bem-entendido. Cigarra, se tu visses uma cobra e um cobrão na brincadeira, até te mijavas. Enrolam-se de tal forma que chegam a ficar como duas estacas. De pé, levantadas na ponta do rabo. E assopram, fazem um assoprar medonho uma com a outra."

Cigarra tossiu seco. Tropeçou com a bengala em qualquer coisa e desviou-se calmamente, apoiado no braço do outro.

"Que marco era, Tóino?"

O companheiro voltou-se para trás:

"Marco nove. Não tarda muito, entramos noutro quilômetro."

"E o Retiro?", tornou Cigarra. "Ainda falta muito para o Retiro?"

"Aí uma hora. Mas antes disso apanhamos as árvores."

"As árvores do Carrascal, já sei. Se não me engano, foi nesse sítio que a Guarda implicou com a gente da outra vez."

"Pois", respondeu o Grácio, "pois".

Ia a passo miúdo, decerto para acompanhar o andamento do outro, e o modo de se mover, os gestos, a voz até, davam-lhe um ar contrariado, impaciente.

"Tóino", disse o Cigarra, travando-lhe um tudo-nada o braço. "Essa conversa do teu compadre o que era?"

Havia muita coisa que António Grácio compreendia pela maneira como o amigo o agarrava. A curiosidade era uma delas. Pela força dos dedos, pela demora com que os pousava ou mantinha atentos sobre o braço dele, à espera duma oportunidade, duma explicação, podia adivinhar o cansaço, a dúvida, o desejo ou a surpresa que iam no outro. Não precisava de palavras: os dedos de Cigarra contavam-lhe tudo.

Jogos de Azar

"Gaita", desabafou então. "Está um calor de matar."

E retirou brandamente a mão do companheiro.

Cruzou-se com eles um caminhão enorme. Arrastava-se, a tremer e a chiar, debaixo dum carregamento de toros. António Grácio reparou no condutor em mangas de camisa, no rodado lento a desfilar e, por fim, nos vincos que os pneus deixaram no asfalto amolecido. Pôs os olhos nesses sinais, seguiu-os, caminhando sempre atrás deles:

"Se a bicha não tivesse ficado tão estragada, trazíamo-la agora com a gente. Quanto dariam na farmácia por uma peça daquelas?"

"Depende", murmurou Cigarra. "Depende do unto e da peçonha que aproveitassem."

A voz soou triste, distante. Uma vez que o homem avançava de rosto levantado e impassível, a voz era como um segredo que ele lançasse para a distância e fosse adiante, a abrir-lhe caminho, até ao ponto desconhecido para onde parecia apontado.

Dum lado da estrada começavam a surgir balseiros e, aqui e ali, o tronco ressequido de uma oliveira desgarrada. Cigarra pressentiu essa presença de vida na planície, porque se pôs muito atento, mais firme ainda na sua orientação.

"Já se veem as árvores?", perguntou na tal voz lançada para o infinito. Piscava os olhos, à espera; e quem o observasse julgaria que a resposta não viria do companheiro, mas de longe, desse ponto que o orientava.

"Árvores?", repetiu o Grácio, distraído.

85

"Sim, as árvores onde fica o Retiro. Tóino, e se a gente bebesse um copo quando lá passasse?"

"Depois se vê. Por enquanto o que interessa é chegar à cidade."

"Mas para chegar à cidade não temos que passar pelo Retiro?", insistiu Cigarra.

António Grácio não respondeu. Em vez disso, atirou um pontapé numa lata e sentiu um ardor a queimar-lhe o pé quando roçou com ele pelo asfalto.

"Espera aí", disse de súbito.

O outro obedeceu. Ficou no meio da estrada, acomodando a viola que trazia pendurada, às costas, como se fosse uma arma de caçador. Também o Grácio levava qualquer coisa à bandoleira: a caixa das esmolas — e era como se carregasse uma sacola de pedinte ou então uma rede de guardar caça.

"Poça", assoprou ele, atravessando a estrada e pondo-se a rodear uma piteira à procura de qualquer coisa. Abriu a navalha, escolheu uma folha; num golpe brusco, cortou-lhe um pedaço e em seguida sentou-se no chão para se descalçar. A bota tinha um rasgão enorme na sola. Calculou a medida do buraco, tapou-o com o pedaço de piteira, muito aparado. Quando tornou a calçar-se, bateu com o pé no chão várias vezes para ajustar a bota.

"Pronto, toca a andar."

Nos breves instantes em que estivera sentado, o piso quente da estrada colara-lhe as calças às nádegas. Por isso

Jogos de Azar

sacudia o traseiro. Caminhava e puxava as calças, e não cessava de se lamentar:

"Vida dum capado. Filha da mãe de vida e mais de quem a inventou." Parou um instante: "Tem paciência, vou tirar o casaco. Está um calor de assar rolas."

Os dois, estrada fora, um de viola à bandoleira, o outro de casaco no braço, faziam um par solitário atravessando a tarde. Vistos de longe, lembrariam dois amigos em passeio, e nunca duas pessoas que vão à vida, preocupadas com os seus assuntos. Cigarra levava o sentido no Retiro, queixava-se:

"Se não bebo qualquer coisa, não sei. Uma pinga de água quanto mais não seja. Tenho umas dores nas cruzes que nem posso."

O companheiro rematava-lhe com o calor:

"É o sol, Cigarra. Este maldito dá cabo de qualquer homem."

Tinha realmente a camisa encharcada, com dois lagos de suor nos sovacos. Além das nódoas de vinho e dos remendos, que eram muitos e sobrepostos, a camisa resumia-se a isso: suor.

"Agora", disse Cigarra, "já nem é a sede. Agora são as dores que não me largam."

"Passam, não te apoquentes. Quando chegarmos à cidade escolhemos uma taberna e descansamos. O que a gente não pode é perder tempo. Tenho medo de me desencontrar dele."

"Desencontrar de quem, Tóino?"

"Do meu compadre. Se não estava em casa nem vem a caminho é porque ficou na cidade."

Junto dum pau de fio trabalhava um piquete de cantoneiros. As picaretas cravavam-se no asfalto com um som oco e a brita era lançada ao rés da estrada como uma chuva de granizo.

"Obras", anunciou o Grácio. Imediatamente o outro pendurou a bengala no braço e deixou-se guiar pelo companheiro.

Os trabalhadores abriram caminho para os deixar passar. Essa pausa foi o bastante para que Cigarra levantasse mais a cabeça e se pusesse todo tenso:

"Escuta... Pareceu-me ouvir um moinho."

E era. O companheiro distinguia agora um moinho de tirar água, rodando lá ao fundo com as suas pás de metal a luzirem ao sol. O moinho: naquele lugar havia uma encruzilhada e começavam as mansas filas de plátanos, com cintas brancas pintadas no tronco.

António Grácio puxou da onça:

"Estamos quase. Vai uma cigarrada?" E como o outro recusasse: "Agora, sim, já se pode fumar. Não tarde, vemo-nos livres do calor."

Com modos pachorrentos, desenrolou a folha de couve em que protegia a onça para não deixar secar o tabaco, e começou a fazer o cigarro. A seu lado, o amigo voltou a falar:

Jogos de Azar

"O pior não é o calor, o pior são estas dores que não me largam."

"Passam. Deixa-te apanhar um bocado de sombra e verás."

Cigarra teve um sorriso desiludido:

"Tudo isto é a malvada da úlcera a dar sinal. Conheço-a bem. Ainda ela não começa a roer já eu a sinto."

"Nesse caso, talvez seja melhor pararmos no Retiro. Podemos mandar vir um caldo, como da outra vez."

"Um caldo?"

"E então? Um caldo é remédio santo. Pelo menos é o que tem acontecido. Palavra que se não fosse a questão do meu compadre nunca nós fazíamos uma viagem destas. Maldita a hora em que eu me fiei naquele velhaco."

Dum modo geral, António Grácio conversava com o companheiro sem o olhar. Assim aconteceu agora. Disse o que tinha a dizer e depois assoprou duas ou três fumaças desesperadas. Não tardou muito, já estava outra vez a falar, mas para dentro, em silêncio. Discutia possivelmente com ele mesmo e com o seu destino traidor. "Vida dum capado", repontava a meio dessa conversa que só ele sabia; e continuava em frente, a cabeça enterrada nos ombros, os olhos fitos nas duas sombras atarracadas que deslizavam no alcatrão.

Essas sombras resumiam para ele a estrada, as sombras e a bengala do amigo marcavam o andamento da viagem. Cigarra, por sua vez, ia retardando o passo. Sabia que tinham chegado às primeiras árvores por causa da frescura que pousara sobre ele e também pelo ruído dos pés ao pisarem uma ou outra folha seca.

Mas o calor ainda não desaparecera de todo. O ar continuava abafado, ar de trovoada; as árvores para ali estavam paradas, na esperança de uma brisa que não chegava. Lá quando calhava desprendia-se uma folha, uma só, e vinha lentamente, lentamente, espalmar-se no chão.

"Eh, pá!"

Alguém acaba de saltar ao caminho. Cigarra estacou de pescoço no ar.

"Eh, Miguel", gritou António Grácio.

O homem veio para eles, de braços abertos. Era alto e seco e trazia um lenço atado ao pescoço. Ria:

"Estava a ver que nunca mais apareciam. Foram lá a casa?"

"Fomos pois", respondeu Grácio. "Não era o que estava combinado? Cigarra, este aqui é o meu compadre Miguel."

Amigo e compadre cumprimentaram-se em silêncio. Mas o compadre sorria e mostrava-se satisfeito com o encontro:

"Caramba, vocês demoraram-se como raio. Houve algum azar?"

"Não. A gente foi lá a casa e a comadre disse que tu tinhas saído de manhã."

Desde que tinham trocado as primeiras palavras, Miguel não tirava os olhos de cima do Cigarra. Tinha-o a dois passos dele, silencioso, à espera.

Jogos de Azar

"Sente-se, amigo."

Viu-o pousar a viola no chão com cuidado, recuar e encostar-se a uma árvore. Enquanto os dois compadres se sentavam também à sombra de um plátano, ele continuava ainda de pé, apoiado ao longo do tronco. Sorvia o ar e, por trás dos óculos negros de mica, parecia interrogar o ponto longínquo que toda a vida se pusera no seu caminho.

"Cansado, amigo?"

Cigarra adivinhou que era com ele.

"Dores", suspirou, passando a mão pela barriga.

"No estômago?", tornou Miguel, interessado.

"Sim, na úlcera."

António Grácio ouvia um, ouvia outro, e passava o cigarro na ponta da língua de canto para canto da boca.

"Bem", cortou de repente. "Já pensaste no caso?"

Como quem não quer a coisa, o compadre apanhou uma folha; levou-a à boca e entretanto pôs-se a medir o Cigarra de longe.

"Não sei", disse por fim. "Duas notas é muito." E mais alto, para o Cigarra: "Você já foi ao médico?"

Aqui António Grácio respondeu pelo companheiro:

"Médico? Foi à faca, que ainda é muito mais seguro. Quando é que tu foste operado, Cigarra?"

"Dia três de setembro. Faz para o mês que vem um ano que dei entrada no hospital."

"Vês? Há um ano. O que ele tem agora é fraqueza. E não admira, Miguel. Forte sou eu e vi-me à brocha com a caminhada de hoje."

Diante do Grácio, o compadre mordiscava a folha. Mordiscava, pesava as suas razões, olhava a criatura que estava na outra árvore. Mordiscava e não se resolvia:

"É muito, Tóino. Duas notas é dinheiro. Depois há que ver que eu não tenho prática... Sim, não é do pé para a mão que um fulano se mete numa coisa nova. Tudo tem os seus segredos, não é assim?"

O outro compadre sorria, divertido:

"Segredos? Ele ensina-tos, descansa. Olha, neste comércio só o que é preciso é não haver desconfianças. Trabalha tudo para a caixa das almas."

"Quanto dinheiro têm vocês aqui?"

Miguel tinha pegado na caixa e voltava-a e tornava a voltá-la, intrigado. Não estava de maneira nenhuma a tomar-lhe o peso; afigurava-se que pretendia somente conhecer-lhe os mistérios, apalpando a fechadura, a fresta das moedas ou a simples qualidade da tinta.

"Quanto?", repetiu.

"O dinheiro da caixa é à parte. Foi ou não foi o que estava falado?"

"Bem, isso agora não interessa grande coisa."

"Não interessa?" António Grácio levantou-se de um salto. "Tu assentas numa combinação e agora dizes-me que não interessa?"

Pôs-se a dar voltas diante do compadre. Girava de um lado para o outro e só perguntava se isso não interessava,

Jogos de Azar

se era possível qualquer pessoa pôr de parte a sua palavra com tamanha facilidade.

"Para mim o prometido é devido", protestava.

Ao passar perto de Cigarra, sentiu-se agarrado. Parou. O outro chegava o rosto ao dele, desejava falar-lhe:

"Vais dar o salto, Tóino?"

Fazia-lhe a pergunta num tom sumido, quase de segredo. Mas, como era mais alto e o rosto lhe ficava por cima do companheiro, parecia dirigir-se a alguém para lá dele, na direção das árvores da outra margem da estrada.

"A sério, Tóino, vais-te embora?"

O outro nem o ouviu. Sacudia a cabeça, indignado. "Catano, mil vezes catano..."

"Calma", interveio Miguel. Tinha-se chegado também ao Grácio e chamava-o à razão: "Que diabo. Não é motivo para te pores nessa berraria."

"Não me interessa se é motivo ou se deixa de ser. Para mim o prometido é devido." E acrescentou: "Catano."

"Calma." O compadre arrastou-o para longe do Cigarra. "Calmaria é que é preciso."

Os dois, estrada abaixo, estrada acima, recomeçaram a conversa. Miguel punha de parte a questão da caixa das esmolas, informava-se de várias coisas: se, por exemplo, o Cigarra sabia ler pelos buraquinhos.

"Quais buraquinhos?"

"Os buraquinhos do papel", explicou o compadre. "Aqueles por onde eles leem com os dedos."

93

"Já sei", exclamou António Grácio, "mas no caso dele não é preciso. Basta a pessoa dizer-lhe duas vezes os versos duma moda para ele nunca mais se esquecer. É fino como uma lebre."

"Tem bom ouvido, queres tu dizer."

"Ouvido?" António Grácio sorriu. "Ouvido têm os cegos todos. Mas este o que tem de raríssimo é o faro. Contaram-me que, quando viveu com uma amiga, soube logo que ela o enganava só pelo cheiro dos lençóis."

"Chiça. Só pelo cheiro?"

"É o que te digo. Um faro danado."

"E com respeito a comida? Tem má boca? Come muito?"

"Um pisco", respondeu Grácio. "Chego a perguntar a mim mesmo como é que um corpo daquele tamanho se aguenta com tão pouca coisa. Pois e para andar?"

"Antes assim. Esta vida deve puxar pelas pernas que não é brincadeira."

"Se puxa. Ele é dos que não se vergam, Miguel. Um batedor de raça, fica sabendo. Aquilo é apontar a bengala... e pernas, que não há nada no mundo que o faça esmorecer."

Os dois compadres voltaram-se uma vez mais para o Cigarra. Lá estava no mesmo sítio, mas agora sentado debaixo do plátano e com a viola no regaço.

"E a roupa?", perguntou ainda Miguel. "Eu é que pago a roupa dele?"

"Não. Nem roupa nem instrumentos, nada disso é contigo. Tu só tens de pagar a comida e receber metade dos ganhos."

Jogos de Azar

"Em todo o caso, Tóino. Duas notas é dinheiro. E para mais doente... Não sei, tenho de pensar."

"Tens de pensar? Mas quem é que disse que ele é doente, Miguel?"

Vinham naquele instante a aproximar-se do Cigarra. António Grácio não perdeu a ocasião e apontou-o ao compadre:

"Vês? Já está melhor. Estás melhor, Cigarra?"

"Assim, assim", disse ele, e tão baixo que mal se ouviu. "Agora só tenho sede."

Miguel não esperou por mais nada:

"Pronto, vamos molhar a goela. Aqui perto há um sítio catita para isso."

E Cigarra, levantando-se:

"Bem sei, o Retiro."

Não foi preciso ajudá-lo, ele próprio pôs a viola a tiracolo e apanhou a bengala. A tarde começava a refrescar, uma aragem muito branda demorava-se sobre a ramaria. De súbito um bater crespo de asas desabou lá do alto. Miguel e Grácio nem levantaram a cabeça, mas, atrás deles, Cigarra fixou o pio da ave.

"Era uma poupa, Tóino?"

Não teve resposta. Os dois compadres discutiam em tom amigo e, se quisesse, podia ouvi-los. Mas não queria. Em vez disso pensava na poupa.

"É um pássaro porco, a poupa." Caminhava, falando sozinho. "Ao fim e ao cabo, não passa dum pássaro de bosta de boi. Mas nada garante que fosse uma poupa. Pelo contrário. O bater de asas era de narceja, e com essas tudo fia mais fino. Mais esperteza, mais asseio..."

Ouviu a voz do companheiro. Pelo tom, percebeu que se dirigia a ele:

"Ainda temos algumas cordas de reserva, não temos?"

Respondeu que sim: um bordão de dó e outro de sol maior.

"E folhetos das músicas?", adiantou-se, muito pronto, o compadre Miguel.

"Folhetos", disse o Grácio, "temos meia dúzia de cantos ao fado e as coplas da revista *Salada de Alface*."

E o Miguel:

"Compadre, como o *Crime de Chelas* é que ainda não se fizeram versos iguais."

"*Crime de Chelas?* Cigarra, tu já ouviste falar alguma vez no *Crime de Chelas?*"

"Ouvi. É aquele do pai que matou o filho à nascença."

"Ah, bom. A *Tragédia Desumana*", disse o Grácio, "o título da letra é *Tragédia Desumana*. Não conheço eu outra coisa, compadre."

E começou a cantarolar:

É uma horrível tragédia
que vos passo a contar
dum pai que sem escruplo alguuum...

Jogos de Azar

"Posso pagar por duas vezes?", perguntou Miguel. "Em duas metades?"

Grácio continuava, embalado na cantiga:

*... dum pai que sem escruplo algum
seu filhiinho foi matar...*

"É muito antigo", comentou ele no final da cantiga. "Hoje não se fazem músicas como antigamente."

Cigarra apanhava muito pela rama o que se passava entre os dois compadres. Sentia a tarde a cair e a passarada baixando sobre a terra morna à procura de alimento. Pardais, poupas nojentas, melros velhos e sabedores. "E narcejas. A narceja é amiga de água." Engoliu em seco. "No Retiro", prometeu a si mesmo em voz alta. "Nem caldo nem coisa nenhuma. O que eu preciso é de um copo de vinho bem fresco no Retiro."

Nesse instante chocou com alguém. Fez alto. Eram os compadres, que tinham parado no meio da estrada.

"Em que ficamos?", perguntava um ao outro.

"Não sei, é um risco muito grande..."

Cigarra andou por ali, à volta, tateando com a bengala ao acaso. Encontrou uma árvore, arrancada pela raiz, estendida na berma da estrada. Sentou-se, esperou. Pegados na conversa, os outros nem reparavam nele.

"Seja o que a sorte quiser", disse Miguel, por fim. Tirou um maço de papéis do bolso interior do colete e passou duas notas de cem escudos. "Quem não arriscou não perdeu nem ganhou."

António Grácio dobrou o dinheiro:

"Pois quem não ganhou fui eu. Sabes quanto o Vesgo deu por um que chamam o Pratas? Três notas e meia. E mais nem sequer sabe pegar no bandolim."

"O tocar ou o não tocar é o menos. A questão para mim está no guia. E, como te disse, lá de guia é que eu não percebo nada."

"Aprendes, compadre. Se os cães aprendem, porque é que tu não hás-de aprender?"

"É justo", concordou Miguel, com ar preocupado. "Realmente, se formos a ver bem as coisas, é fazer de cão de cego, pouco mais. Sim, como trabalho é isso." Ficou calado por momentos e depois resolveu-se: "Seja. O que está feito, está feito. Vamos ao copo para fechar?"

"Não posso", respondeu o António Grácio. "Fica para a próxima."

"Pago eu, caramba. Nem ao menos um copo para fechar?"

Mas o Grácio tinha pressa, agora mais do que nunca. Veio junto do Cigarra e abraçou-o:

"Desculpa... A gente não fica com razões um do outro, pois não?"

Cigarra sorriu. Fez um arabesco com a bengala e a mão tremeu-lhe. Tinha a voz do companheiro no ouvido. "O meu compadre é um gajo unhaca, verás." E também essa voz tremia.

Jogos de Azar

Então quis dizer fosse o que fosse, mas só conseguiu agarrar-se ao Grácio e abraçá-lo com força, com tanta força que o peito lhe doeu como se lhe tivessem tirado todo o ar.

Passado tempo, achava-se ainda sentado à beira da estrada quando sentiu que alguém o puxava brandamente pelo braço:

"Amigo, vamos ao Retiro?"

Era ao anoitecer e não ouvia pássaros nem gente à sua volta.

"Sim", murmurou ele. "O Retiro."

E levantou-se.

*Dom Quixote, as Velhas Viúvas
e a Rapariga dos Fósforos*

I.

Ainda hoje, sempre que recordo esta história, a minha miúda me surge ao cimo da travessa no sítio onde os elétricos dão a volta, repleta de nobreza e de lenda viva. Vem com aquele sorriso dos primeiros dias, os olhos rasgados no meio da noite, a mesma saia justa às ancas e uma serenidade imensa.

Ao lusco-fusco das vielas, lembra uma aparição súbita nascida dos gritos dos pátios e das tabernas que por ali há com jogos de negus e telefonias. E vem descendo a calçada, lentamente, naqueles sapatos de salto alto e muito grandes para ela. Isto e os braços esticados ao longo do corpo dão-lhe um ar cauteloso no andar, fazendo-lhe tremer os seios sob a blusa, como se fossem duas aves presas que ela guardasse a sorrir.

Depois eu:
"Olá, boa-noite."
"Boa-noite. Vim muito tarde?"

"Não tem importância, Zita."

"Oh", fazia ela com um sorriso na voz; tal e qual — um sorriso na voz, pois eu raramente a olhava, mesmo quando seguíamos ao lado um do outro a conversar.

Era assim que começavam os nossos encontros, depois do momento em que Zita se me revelava lá no alto e depois da cerimônia da descida da calçada até à tabacaria que ficava cá embaixo, no cruzamento dos elétricos.

Nunca percebi por que nos demorávamos ali antes do nosso passeio, gastando não sei quantos minutos a contemplar a montra das bugigangas e das lotarias. Por mim, ficava tempos sem conta a olhar a minha miúda refletida nos vidros, forçando a vista para a descobrir com nitidez, e achava nisto uma grande beleza. Aos poucos ia-lhe contemplando a figura maldefinida, adivinhando contornos, linhas que faltavam na vidraça, e quando assim estava acontecia-me encontrá-la a olhar-me também pelo vidro da montra. Então perguntava-lhe:

"Embora?"

Tocava-me ao de leve no braço, o que era a sua maneira de dizer "vamos, pois", e murmurava:

"Se tivesse dinheiro, havia de jogar na lotaria."

E em certas noites acrescentava ainda:

"Claro que não valia de nada. Não tenho sorte nenhuma."

Mas uma vez, íamos nós a entrar no jardim do costume, parou muito séria diante de mim:

"Acha que se eu jogasse, ganhava?"

Jogos de Azar

Comecei a puxá-la suavemente, mas ela tinha o corpo e a voz esquecidos, ausentes.

"Acha que ganhava, diga?"

Imóvel, parecia uma estaca enterrada no passeio e estava de cabeça baixa, sorrindo. E, embora a sorrir, os lábios tremiam-lhe, os olhos tinham-se afogado num brilho que até ali nunca lhes descobrira — lágrimas, talvez.

Lembro-me de que, na altura, a arrastei para um banco qualquer e me pus a beijá-la, já cheia de pranto e numa rigidez de pedra. Nunca a beijara daquele modo: sem abrir os olhos de quando em quando para ver se os dela estavam igualmente fechados e sem verificar primeiro se havia gente à volta a espreitar-nos.

No entanto, foi assim daquela vez. A minha miúda ficou dura e quieta, não chegou o corpo ao meu nem se esfregou diabolicamente em mim como nas outras noites.

"Então, Zita?"

Pus-me a acariciá-la, mas ela olhava em frente, para o ponto mais distante do jardim, um ponto onde eu não poderia por certo chegar. As lágrimas rolavam-lhe pelo rosto, sem um soluço.

"Então?"

"Qualquer dia mato-me", foi o que conseguiu responder numa voz meiga, muito calma.

"Não diga isso, Zita."

"Não me chame Zita. Eu não sou nada Zita. Disse-lhe isso, disse isso... bem, não interessa."

"Pronto, não interessa."

"Ouça", principiou ela, sempre com os olhos no tal ponto distante. "É melhor ir-se embora. Eu não tenho sorte nenhuma, dou azar a toda a gente. Azar, percebe?"

Falava num tom igual, igual e simples, como o das pessoas a rezarem em coro.

"E também não me chamo Zita. Nem moro na travessa, nem estou a trabalhar. Sou Esmeralda, Esmeralda do Rosário Ferreira, e ainda não fiz dezassete anos. Esteja quieto, não me beije. Quieto, senhor."

Quantas e quantas vezes tenho dado comigo a relembrar este momento tão amargo. Mas, por mais que faça, encontro sempre nele um grande vazio, uma vaga memória onde apenas vejo a imagem duma rapariga quase tranquila, os lábios a desprenderem palavras tão perdidas, tão secas, que só muito mais tarde viria a compreender no verdadeiro sentido.

A minha miúda, Esmeralda do Rosário Ferreira, moradora, afinal, no Pátio do Imaginário, porta sete, que nunca fora, na realidade, menina de liceu nem datilógrafa na Baixa, a minha miúda despediu-se pela primeira vez sem um sorriso. Nem mesmo consentiu que lhe passasse as mãos pelos seios e pelas coxas da maneira de que tanto gostava antigamente.

"Vá-se embora, ande. Assim já não tem com que falar de mim a ninguém."

"Mas eu nunca falei de si, Zita."

Jogos de Azar

"Esmeralda, já lhe disse. Es-me-ral-da. E mesmo que falasse, que é que podia contar? Que me beijou? E depois? Sim, e depois?"

Caramba, que senti vontade de a agarrar e de lhe suster a voz que me arremessava num sussurro carregado de raiva.

"Beijou-me, está muito bem. E se eu lhe disser que nunca o beijei a si? Nem a si nem a ninguém. Nunca beijei um homem em toda a minha vida. Só quando casar. Percebeu? Percebeu bem?"

Deitou as mãos à cara e então, sim, sacudiu-se em soluços desesperados.

II.

Em frente do Pátio do Imaginário, letras C e D, porta sete, fica a leitaria do Gonçalves Mau-Ladrão, aberta toda a noite para servir café com canela e jogos de vaza permitidos por lei. Mais adiante uma ou duas capelistas e, já ao fim do quarteirão, moro eu, num quarto de serventia para a escada e janela baixa.

Dali me punha a olhar a rua, na esperança de ver surgir de novo a minha miúda naquele jeito de andar que em toda a cidade só ela sabia ter. A música das tabernas e os gritos do pátio, e até mesmo os assobios de certos rapazes espalhados pelas esquinas, permaneciam à minha volta pela noite fora. Só a Esmeralda não vinha já por entre todos estes ruídos, que outrora se confundiam à sua passagem, muito mansos, a coroarem-na de um halo de som crepuscular.

Pois bem. Foi numa madrugada de verão que a tornei a ver, mas dessa vez saída duma ambulância, de olhos cerrados e a boca fria crestada de baba seca. É verdade, duma ambulância.

Eu e o povo, um punhado de mulheres estremunhadas, corremos à porta número sete, rodeando os maqueiros que nessa altura rebuscavam a malinha cor de medronho que Esmeralda trazia sempre consigo. Um deles decidiu:

"Deixa. Não vale a pena procurar mais."

Carregaram a maca, abrindo caminho para a porta através das vizinhas. Ali mesmo, uma delas travou-lhes a passagem:

"Não batam que a mulherzinha não acode."

"Não acode?"

"É cega, coitadinha. Tem medo de abrir a porta à noite."

Os homens que conduziam a maca e um outro que os comandava consultaram-se com o olhar. Estavam diante da porta e não se decidiam.

"Mas", perguntou um deles, "se não encontrarmos a chave, que havemos de fazer? Arrombar a porta?"

Eu assistia, e, diga-se de passagem, estremunhado como num pesadelo. Sabia, quase podia jurar, que a chave da casa estava de certeza com a minha miúda, escondida no forro ou em qualquer recanto disfarçado com a habilidade e o mistério que ela punha nas coisas que lhe pertenciam. Só não podia dizer onde, porque nunca a Esmeralda abrira a

Jogos de Azar

mala de modo a que eu pudesse espreitar lá para dentro. E ainda que tal coisa tivesse acontecido alguma vez confesso que não seria capaz de quebrar com os meus olhos o encanto da malinha cor de medronho.

"Tem com certeza a chave. É procurar melhor que já a encontram."

Foi uma voz de mulher, vinda pela calma da noite, muito clara, sobrepondo-se ao trepidar do motor da ambulância e aos suspiros das vizinhas.

Com a voz veio ela também, enrolada num roupão de flanela de ramagens berrantes, pronta a quebrar o mistério da malinha de Esmeralda. Abateu-se sobre a maca, que os dois homens continuavam a segurar, toda curvada para o corpo da rapariga. E como o foco dos faróis a apanhava em cheio, a ela e às ramagens berrantes, parecia um grande pássaro em chamas a esgravatar num monturo.

"O que aqui vai de fósforos, Jesus. Mas o que foi isto, senhores?"

"É verdade. Três caixas de fósforos."

Falando, falando sempre como que a remoer um responso, a mulher continuava de cabeça pendida a vasculhar na mala.

"Mas que é isto? Para que quereria ela tanto fósforo, não me dirão?"

Foi quando, atrás de mim, uma outra rompeu aos brados:

"Para que queria, para que queria? A vizinha não sabe como ela era? Não sabe que fumava às escondidas e tudo? Fumar, pois que cuida? Tabaco, cigarros como os homens."

Estava de xaile negro pelas costas e assim, com os gestos largos dos braços e a avidez com que correra para a mala, apresentava-se também como um enorme corvo a sacudir umas asas de franjas de lã. De repente levantou o punho em ar de vitória e anunciou:

"Cá está ela."

Não sei por quê, senti um frio longínquo a dominar-me, sem dúvida um frio de presságio que não era do tempo, mas que provinha daquele xaile em forma de asas negras a espadanarem em plena madrugada.

"Vá, tiazinha", disse um dos homens da ambulância. "Passe para cá a chave."

Feita espantalho, a tiazinha empinava-se à luz dos faróis com a chave e um molho de papéis apertados na mão. Frente a ela, a outra do xaile preto, com o olhar ávido de quem arremete a uma presa:

"Espere, homem de Deus. Há qualquer coisa naqueles papéis."

"Não tem importância, são números de telefone."

"Pois. No hospital ligaram para todos eles e não se apurou nada. Parece que ninguém a conhecia. Vamos, ponha lá isso outra vez."

"Mas tanto telefone, senhor."

"Deixe ver a chave e meta o resto na mala. Depressa, então?"

A vizinha avançou para a porta, mas um dos homens cortou: "Ninguém entra." E sem perder tempo, entregou-me a chave:

Jogos de Azar

"Dê uma ajuda, faça favor."

Mudo e desamparado, consegui dar volta à fechadura. Fi-lo com uma calma que no próprio momento me espantou: primeiro a chave mordendo a lingueta, depois o trinco num salto suave. Revejo estas coisas e, como então, tenho agora a vaga memória dos sentidos alvoroçados antecipando-se à espessura frágil da porta, pressentindo até o mofo azedo que depois iria encontrar e que me secaria por dentro, a represar-me os gestos e a voz. E ainda não tínhamos fechado a porta, ainda o clamor das mulheres do pátio nos acompanhava lá detrás, e já de algures, da escuridão, vinha um sopro de medo:

"Quem vem aí?"

Foi apenas um sinal, um aviso que não chegava a atingir corpo de voz. De maneira que ficamos os quatro suspensos nas trevas, aguardando que aquela presença se declarasse e nos desse rumo. Por fim estalou um berro desgraçado:

"Quem está aí?"

"Procurem a luz", disse uma voz junto de mim. "A luz, conho."

Alguém sacudiu uma caixa de fósforos, não ao pé de nós, mas a uma distância impossível de prever. Rasgou-se então uma chama repentina e ficamos encandeados à entrada do quarto, diante de um candeeiro a petróleo com um penacho de fumo a subir da chaminé. Alguém, um vulto a tremular com uma chama na mão. E pouco a pouco, conforme íamos dominando as trevas, revelou-se-nos uma velha sentada nas ruínas duma cama de dossel, no lugar mais distante da habitação.

"Quem está aí?", repetia.

"Cruz Vermelha."

"Quem?"

"Sossegue, mulherzinha. Somos da Cruz Vermelha."

Avançamos pelo quarto, e quanto mais próximos estávamos da velha, melhor descobríamos a teia grossa que lhe cobria os olhos mortos e as tremuras da mão com que empunhava o candeeiro.

"Cruz Vermelha? Qual Cruz Vermelha? Saiam, não se cheguem a mim. Saiam imediatamente."

Saltou da cama com uma rapidez inesperada. Ficou de pé ao fundo da casa, às arrecuas:

"Não me toquem. Levem tudo, roubem o que quiserem, mas não me toquem."

"Ninguém lhe quer mal, mulher. Vimos trazer-lhe uma doente."

"Não me toquem", bradava ela na mesma. "Veem? Veem bem? Não me toquem, não me toquem. Para isso é que eu acendi o candeeiro."

Numa arenga pegada, roçava-se pelas paredes, aos saltos, como um morcego tonto. O peito encarquilhado estremecia por baixo da camisa, as canelas secas, crestadas de sujidade, batiam uma na outra. E nós diante dela, com a maca no chão, num quarto nu e vasto.

Jogos de Azar

"Trazemos-lhe a sua filha", adiantou um maqueiro.

"Não tenho filhas. Saiam, não se cheguem. Não tenho dinheiro, ouviram?"

Nessa altura falei eu:

"É a Esmeralda."

Com um suspiro fundo, a velha descaiu levemente o braço que segurava o candeeiro e o fumo da chaminé desenhou um arco pela parede. Um arco assim, do tamanho dum palmo, pouco mais.

"Exatamente. Esmeralda do Rosário Ferreira."

Mal o maqueiro leu isto, *Esmeralda*, *Rosário* e *Ferreira*, a velha ergueu-se a pino, tal e qual um bicho cercado e atingido por três descargas seguidas. Nem uma palavra, um gesto. Parecia inteiriçada, de olhos brancos, muito abertos; mas os lábios tremiam-lhe, como que rezavam em silêncio.

Só depois de os homens terem estendido a rapariga na cama, só depois de ter ouvido o ranger das tábuas daquela jangada desconjuntada, e o fechar da maca, e os passos decididos com que os vultos se tinham movimentado, só então a velha se despegou da parede. E aproximou-se e veio às apalpadelas, às apalpadelas, e por que com o candeeiro na mão?, e dobrando-se sobre o corpo deitado procurou-lhe as feições com a ponta dos dedos e tomou-lhe o cheiro. Endireitou-se logo:

"É minha neta", disse num tom altivo, quase de desafio.

"Sua neta? Bem, é que teve uma indisposição... Deitamo-la aí?"

Falavam baixinho, num tom de conspiração, mas mesmo assim ouvia-os claramente.

"Indisposição?", perguntou a velha.

"Tomou qualquer coisa que lhe fez mal e teve de baixar ao banco."

"O que é que ela tomou, dizem os senhores?"

"Não sabemos. Deu entrada de urgência, o resto só os médicos é que podem informar. Ou então na secretaria do hospital."

"Na secretaria", confirmou outro homem da Cruz Vermelha. "Dirija-se à secretaria. Fica aí nessa cama, não é?" E sem mais aquelas fez sinal aos companheiros para se porem a andar dali para fora.

"Um momento", ordenou a velha; mas calou-se compreendendo talvez que de nada valia a sua voz para alterar a tarefa daqueles homens.

Os maqueiros afastaram-se um passo. Outro, e mais outro. Recuavam para a porta, quase sem ruído, desejosos de se verem longe do fardo que os tinha arrastado até ali. Deslizavam de mansinho, quase à socapa, sempre com os olhos na velha, que se mantinha de pé, à cabeceira do leito, ao lado duma cadeirinha de fundo de palha onde estavam um bacio de louça sem asa e um pires com uma dentadura postiça.

"E agora?", perguntou ela como se nos fizesse uma acusação.

Jogos de Azar

"Agora está fraca. Fizeram-lhe uma lavagem ao estômago."

De novo o silêncio negro da velha. Os maqueiros ja estavam junto de mim, fitando aquela eminência de destroços que dominava o quarto ermo.

"Quem sabe se não apanhou também um resfriamento?", pôs-se a dizer-me um deles enquanto enrolava a maca. "Estendida no meio da estrada, com uma noite destas, não seria de admirar."

"Na estrada?", repeti, quase em segredo. Ou teria sido a voz que me faltara? "Qual estrada?"

O frio, o enorme frio do presságio que me invadira, começara a desaparecer lentamente e, em vez dele, chegava-me uma tranquilidade pesada, que as palavras do maqueiro adensavam ainda mais.

"Sei lá. Nas estradas do costume, com certeza. O senhor não sabe que essas galdérias também têm às vezes os seus azares?" Dir-se-ia que não se dirigia a mim, de tal modo estava atento à velha. "De vez em quando, catrapus, dá-lhes a dor de corno ou coisa parecida e engolem uma droga qualquer."

Na cama, Esmeralda mexeu-se um pouco. Mas foi só um gemido, mais nada. A avó nem pareceu dar por isso, voltada como estava na direção da porta e de cabeça erguida.

Esperava que nos fôssemos, calculei. E, na verdade, vê-la tão firme, a mão ossuda com os nós dos dedos a furarem a pele seca, de tão tensos que se firmavam no candeeiro, era como se ela, a cadeira, o bacio dos escarros, a cama, a dentadura postiça, todo esse arsenal desmantelado estivesse em guerra aberta contra nós. Dum momento para o outro pousou o candeeiro no sobrado.

"Levem-na", berrou então. "Sumam-se daqui com ela."

Sentiu com certeza os maqueiros saindo sorrateiramente e, ao abrirem a porta, as vozes quebradas que uma vergôntea de ar fresco trouxe do pátio. Mas desabafou ainda a ira:

"Levem-na, internem-na. Se o meu marido fosse vivo, nunca ma tinham trazido. Portanto, levem-na. Internem-na, que é a vossa obrigação."

Veio-lhe uma tosse áspera. Os brônquios estalejaram e, mesmo por entre uma saraivada de escarros, falava e cuspia para o bacio.

"Tal não estão os malandros? Entrarem assim no quarto de uma senhora a estas horas. Malandros, filhos da mãe. Grandessíssimos filhos da mãe."

Caiu em si, persignou-se.

"Jesus", acrescentou humildemente. "As palavras que me obrigam a dizer."

Só eu naquela casa a podia escutar. Com a mão no fecho da porta, sentia-me preso ao vulto de Esmeralda, estendida na cama de dossel e acompanhada por uma velha que, agora sentada junto dela, arfava de cansaço enfrentando a vastidão do quarto. E o quarto era isso: quatro paredes altas e nuas, apenas com um retrato emoldurado a veludo, comido

Jogos de Azar

da traça, e uma estampa colorida de Rita Hayworth pendurada numa cavilha.

"Mas talvez se enganem. Talvez se arrependam de ter
feito pouco duma pobre viúva. Aqui onde me veem, cega e
sem recursos, ainda tenho relações. Pois que pensam?
Talvez se arrependam, tal não estão os canalhas."

Sempre voltada no mesmo sentido, meteu a mão por
baixo da enxerga e tirou um prato de folha coberto com um
jornal. A minha miúda pareceu acordar do sono de morte
em que mergulhara, porque abriu levemente os olhos — ou
não os teria aberto sequer? —, voltando-se de borco sobre
as mantas, vestida e calçada, como a tinham deitado.

Ciosa do prato de folha que apertava nas mãos, a velha
perdia-se na sua toada de rancores.

"Bem sei", dizia ela, "que tenho passado dificuldades.
Mas assim que tiver os dentes arranjados hei-de fazer uma
visita à Dona Filomena. Eles verão se não se tramam, os
canalhas."

Apalpando por baixo do jornal que cobria o prato, os
dedos faziam farfalhar o papel. De repente, as mãos
saltaram-lhe no ar presas a um pedaço de pão, a velha abriu
as gengivas descarnadas à luz. Assim que abocanhou a
côdea, quedou-se, desconfiada.

"Quem está aí?", silvou, farejando o ar; e mais alto:
"Quem está aí?"

Saí a correr.

III.

Sei bem o que pode acontecer a uma rapariga quando é jovem e bonita como a minha miúda. Principalmente se essa rapariga costuma ir à noite para qualquer das estradas que rodeiam a cidade, a ver passar os carros.

Conheço esses lugares. Nas majestosas rotas de asfalto que se espraiam pelas colinas do Tejo há coutadas, pequenos miradouros solitários, tocas de arvoredo, onde se podem fazer surtidas ao amor em horas clandestinas. Tanto essas como as outras estradas que cercam a cidade andam, é certo, povoadas de cavaleiros românticos do nosso tempo, mas tais cavaleiros já não são os heróis errantes das estampas antigas, armados de elmo e cavalgadura. Apresentam-se, pelo contrário, em legiões de máquinas rápidas e modernas, em carros de desporto, de hipoteca ou emprestados pelo amigo íntimo — todos, pela noite fora, a rolarem com faróis nos mínimos e rádios abertos.

Ao longo do caminho, espalham-se, aqui e ali, as damas acabadas de sair de certos lugares de camaradagem e de bela diversão, damas essas que são, afinal, as amorosas noturnas da cidade. Todas usam os nomes de Lisete, Carmen ou Ceuzinha, e todas têm aquele desenho, os gestos e os modos de se moverem e de pararem na estrada que distinguem as amorosas noturnas entre todas as mulheres.

Alguém afirmou (ou é confusão minha?) que por estas paragens anda à solta o fantasma de Rocinante, cavalo e fiel

Jogos de Azar

companheiro do célebre Dom Quixote da Mancha. E quem disse isso foi mais longe, garantiu que o espectro do dito Rocinante aparece hoje em dia desgrenhado, as crinas ralas em farripas compridas e a carcaça a arquejar.

Acredito. Foi assim que eu próprio o descobri quando me pus a ler as desventuradas passagens do Cavaleiro da Triste Figura. Mas, ao que parece, os séculos e a História confundiram-no de tal modo com a tragédia e a alma do amo que faz agora a sua aparição meio bicho, meio armadura, com o couro remendado a panos de moinho e duas metades de escudela de barbeiro a taparem os quadris estalados.

Será assim? Não sei. O que sei é que, como o Rocinante de hoje, passam os modernos militantes do amor, confundidos também com peças metálicas, estofos, carburadores — armaduras da indústria de automóveis. E dizem que procuram igualmente o amor inacessível, porque jamais o conheceram nas formas mais simples, e que criam o imprevisto na aventura da mulher adúltera ou na manicura dos sábados à noite. Isto, pelo menos.

Entretanto, o fantasma do Rocinante não descansa. Emergindo das trevas da memória, aparece ainda suado, dorido dos cascos quebrados por caminhadas em vão, e de heroico é tudo o que se lhe nota. Quanto ao resto vem pobre e desenganado, com a cauda de estopa salpicada de excremento seco, os ossos esfarelados presos por arames e trazendo nos olhos vazios o sabor frio da aventura sem glória.

Contudo, quando, como agora, a sua alma paira por certas pousadas que há naquelas regiões, amigo Rocinante sente regressar a ele o sopro antigo da fantasia. O corpo ressequido arrepia-se-lhe perante os rostos de Leonor ou de Rosa Meia-Noite, tão castos, tão exaltados e, é estranho, tão predispostos às belas alegrias. Fica-se ali e pasma em frente dos mais encantadores pares de ancas e dos risos mais naturais que um homem pode presenciar.

Pelas mesas, à meia-luz, estão os casais amigos que saíram do cinema e trocam os pares: agora a madama com o esposo, a esposa com o doutor, o doutor com a mulher do senhor. E os risos, o champanhe, e pois, bem, só queria que ouvisses o que me disse a tua mulher.

É o momento em que as manicuras despem a bata de seda e põem bâton por amor e vingança no colarinho do par. Então há sempre um que está jogando tudo por um segundo de evasão, agarrado à imaginação indispensável e conveniente. Depois nada interessa. Nada interessa, nada, seja o que for, mesmo que o resto da vida dependa dum negócio que oxalá não falhe, de uma letra que não se proteste, dum dia, somente mais vinte e quatro horas de espera. "Oh, acima de tudo está o presente. E tu, meu bem, aqui ao pé de mim. O mais não importa, e não sou conhecida."

"Sim, não interessa", concorda o cidadão. E Rocinante, sempre presente, contempla esse homem desvanecido com uma deusa nos braços, morna de carícias.

Jogos de Azar

"*Dance is a navel's battle without loss of semens...*", sussurra o vocalista da orquestra. "*A navel's battle... a game of blood...*"

Frustradas, sem dúvida frustradas, estão as damas, todas de aliança levemente acre a apontar os mil e tantos desejos por satisfazer. E do mesmo modo os pequenos falhados que reclamam vingança súbita, alguns comerciantes em crise, funcionários públicos, os tímidos ou sedentos da comunicação dê-por-onde-der, e mais outros, todos os que cruzam as tais estradas iluminados a whisky.

Rocinante preside a toda esta epopeia do amor, bem mais trágica que a dos tempos idos. Doem-lhe ainda os ossos das lutas contra as quimeras e os ventos de Espanha, e nos cascos malferrados arde-lhe a poeira das andanças malditas.

Mas a alma dele é que não para. Segue por esses caminhos danados, perseguida pelo estardalhaço das latas que lhe consertam o corpo de velho cavalo ruço. É uma alma fantasma e que, por isso mesmo, soa como uma profecia de ritos, armaduras e cavaleiros feudais.

Sabemos que muitos dos nossos cidadãos correm uns atrás dos outros, sob o signo negro de Rocinante. É fato, toda a gente sabe. E eles lá vão; dirigem-se às estalagens sossegadas, onde já têm encontro marcado com esta ou aquela aventureira do eterno divórcio. E se não têm, travam, detêm-se um momento e raptam Lisete, Diana

Discreta ou qualquer outra das amorosas que sorriem para os automóveis.

Aqui pergunto: e Esmeralda? Sorrindo à beira da estrada (tal como a imaginaram por certo os maqueiros que a trouxeram), pode estar talvez a minha miúda, mas nunca no meio daquelas beldades noturnas que na intimidade falam mal e se batem. Além disso, ela tem um sorriso pávido de maravilhada que a leva sempre para muito longe do lugar onde na realidade se encontra, o que, parecendo que não, tem um grande significado.

Talvez esteja simplesmente sentada no chão a ver passar os carros e a contemplar o sete-estrelo. Talvez — é uma hipótese. E se quiserem, podem até pôr uma lua fria e um disco a servir de fundo, um *blue*, um samba, qualquer dessas melodias a compasso que são o sonho das costureirinhas das caves. Isto, tenho a certeza, bastaria para encher a mais grandiosa noite duma rapariga como a Esmeralda. Sentada, e só.

Mas mesmo que se metesse num carro? Pois. Admitamos que sim. Que segue ao lado do volante, muito direita, as pernas unidas e as mãos a tremerem segurando os joelhos.

O homem dir-lhe-á mais ou menos isto:

"Tens preferência por algum sítio?"

E ela:

"Não, senhor."

"Nesse caso, podemos parar aí adiante."

Esmeralda continua onde estava. O homem deita uma olhadela a percorrer-lhe o corpo.

Jogos de Azar

"Fecho o rádio?"

"Como o senhor quiser."

"Não. Tu é que mandas. E não gosto que me trates por senhor, combinado?"

"Sim, senhor."

Gargalhada do homem, que se dobra todo sobre o volante.

"Boa piada. Sim, senhor... não, senhor. Saíste-me uma tipa gira, não há dúvida."

"Hã?", e Esmeralda encara-o pela primeira vez, com o espanto de quem acorda num local inesperado.

O homem toca-lhe no joelho, a afagá-la à pressa, pois vão numa descida e o terreno está bastante úmido. Ela, quieta. A estorcer os dedos com força, vê desdobrar-se a estrada negra, lisa e muito igual.

De repente os pneus resvalam num uivo, passam pelo para-brisas três ou quatro árvores seguidas, o homem cospe uma indecência com nova gargalhada e a fita de alcatrão torna a abrir-se diante deles.

"Que foi?"

Quase sem tocar com os dedos no volante e meio voltado para ela, o outro sorri:

"Um buraco. Assustaste-te?"

"Nunca me assusto."

"És então uma garota valente?"

"Não senhor, mas nunca me assusto."

O homem retoma o volante, atento ao caminho e à presença dela.

"Que idade tens?", diz (começando a sentir-se tomado do tal espírito de Rocinante).

"Vinte e um", mente Esmeralda, muito pronta.

"Trabalhas ou quê?"

"Se trabalho? Por que pergunta isso?"

"Por nada. Perguntei por perguntar. Podias ser enfermeira, empregada, qualquer coisa."

"Enfermeira? Por que disse isso, enfermeira?"

"Por quê? Disse, sei lá. Disse enfermeira como podia ter dito modista, manicura ou coisa parecida. Não há dúvida que és uma garota com piada. Perguntas tudo, queres saber tudo... Uma garota gira, sim senhor."

"É que", continua Esmeralda, "conheço um sujeito que me prometeu um lugar na escola de enfermagem."

"E enquanto não entras na escola? Não fazes nada?"

"Nada. Oh, ali. Depressa, ali."

Atarantado, o homem acelera. Diante deles, um coelho foge a direito, debaixo do rasto impiedoso dos faróis.

"Depressa", grita ela, "depressa".

"Não é preciso. Agora vai à nossa frente até querermos. Não vês? Já abri os máximos, o tipo vai ceguinho de todo."

Mas por que trava ele justamente nesse instante, sem se importar com o coelho? Ah. Tinham acabado de chegar a um sítio discreto, era isso. Acabavam de entrar num desvio ensombrado entre a estrada e o oceano.

Jogos de Azar

"Que é?", pergunta Esmeralda, meio surpreendida, meio desencantada.

"Que é?", repete o homem, e ri. Deita-lhe as unhas, puxa-a: "Anda, vamos para o assento de trás."

E com isto, põe-se a beijá-la, a tentar despi-la em movimentos secos.

"Lá atrás é melhor."

Esmeralda é que se torce toda, esquiva-se, inteiriça-se, empurrando-o e clamando que não, não e não.

"Não."

"Ah, ele é isso?" O homem traça-a com os olhos, enche o peito num suspiro que vale por mil rancores.

"Beijo-o, se quiser."

Olha-o de lado, agora inesperadamente quieto, todo na outra ponta do banco e de perfil para ela.

"Beijo-o. Só faço isso, mais nada."

E, sem mais, lança-se-lhe, numa fúria, esfregando a cara cheia de lágrimas pela dele e aos soluços de: "Beijo-o, vê? Assim, assim. Oh, meu Deus... Beijo-o, não está a ver?", e sente-se rejeitada, aos empurrões, encolhida contra o estofo da porta.

À distância dum braço, o homem acende um cigarro e os músculos empedernidos do rosto ficam a luzir durante um bom bocado. Esmeralda tenta puxá-lo do volante, numa última investida. À doida, apega-se a ele, sacudida brutalmente e de tal modo que já nem sabe se é o homem que a repele, se é a própria marcha do carro, arrancando outra vez pela estrada.

"Depressa", pede então resignada. "Leve-me embora depressa."

Tudo lhe escapa, tudo parece fugir dela. O homem, a estrada, o automóvel que corre, espavorido, sob o acelerador carregado a fundo — tudo lhe escapa.

"Depressa, depressa."

"Calma", pede-lhe o homem. E pensa: *é louca, não há dúvida que é louca,* ao mesmo tempo que resiste às unhas que ela lhe crava nos braços, embaraçando-lhe a direção, e perseguido por essa gritaria ansiosa que não o larga:

"Depressa, mais depressa."

Só quando chegam ao alto duma lomba a rapariga descobre a inutilidade de tais palavras. Vê-se estranha e afogueada no espelho que tem por cima de si e, lá longe, a uma distância fixa do para-brisas, a cidade iluminada. Exatamente — a uma distância fixa, pois o carro está neste momento parado no alto duma rampa.

"Salta."

Esmeralda resiste, deita mão ao que apanha, agarra-se aos estofos, a ele, ao volante.

"Grito", ameaça ressaivada. "Se me empurra, grito até vir gente."

"Então anda para o assento de trás. Ou vens ou acaba-se com esta chatice duma vez. Compreendido?"

Jogos de Azar

Esmeralda vem a si. Percebe que chegou o momento das tréguas decisivas e que nada deste mundo pode mudar o destino daquele combate. *Ao menos que eu seja capaz,* vai dizendo consigo mesma. Tem nos ouvidos a surdina do rádio e morde os lábios, pensando nela, procurando ganhar tempo. *Ao menos isso... E talvez não custe muito, quem sabe?*

E a música:

Lá na casa dos ulmeiros
sob o céu do Canadá...

"Então?", joga-lhe o homem, de olhos a luzirem.

Nem responde, fria, sempre mais fria. *Agora, tem de ser agora.* Antes que o sangue lhe gele, lança-se por cima dele, tenta, faz por tentar, e só consegue beijá-lo. O homem desembaraça-se dela:

"Chega, caramba."

Isto agora acaba por fazer de Esmeralda um verdadeiro baluarte da raiva. Reconhece que foi vencida por ela mesma, por esse alarme doloroso que a dominou por inteiro e a tornou rígida, rígida. E treme, e chora, derrotada por ela mesma, não pelo homem.

"Leve-me para onde me encontrou."

Daqui em diante não o olha mais nem parece entender as injúrias, o desprezo e os encontrões que sofre até a porta se abrir e ver-se atirada para o asfalto.

"Rua", foi a resposta.

Olhem para ela: há-de passar uma vida assim, sentada no alcatrão e sem se perdoar de ter falhado, de não ter tido coragem *nem ao menos para fazer aquilo de que todas as mulheres são capazes. E ele vai-se a rir. Ficou aborrecido, mas riu-se. Riu-se, o camelo.*

A raiva que ela sente de não ter tido coragem, de se ter deixado ficar para ali, às tantas da noite, arrepia-a de febre. Açulada pelo remorso, protesta ainda:

"Leve-me daqui. Ou me leva daqui ou tiro-lhe o número do carro."

O automóvel lança-se outra vez às sendas esconjuradas de Rocinante, a malinha cor de medronho vem pelo ar e cai junto de Esmeralda. E ela? Ela, enrodilhada no chão, repete a ameaça e limpa as lágrimas às mãos.

Mas ninguém lhe responde, a não ser o roçar suave dos pneus no alcatrão e os sons perdidos do rádio, cada vez mais sumidos, mais distantes.

Não. Por mais que me digam, não foi decerto como vítima do espírito de Rocinante que a minha miúda se encontrou caída na estrada, na noite em que a Cruz Vermelha a trouxe para o pátio. Rocinante é campeão de histórias e de passagens da vida que só os leitores das aventuras do fidalgo Dom Quixote ou as pessoas experimentadas podem conhecer. E, que eu saiba, além das vidas célebres das artistas de cinema, Esmeralda pouco mais leu do que os

Jogos de Azar

romances que se alugam na capelista da calçada. Livros exemplares, como aquele do Cavaleiro Dom Quixote, posso garantir que não. Afirmo-o agora, quando o tempo me aclarou as ideias e Esmeralda tomou para mim proporções mais concretas. E este simples fato chega para me libertar duma angústia pesada que eu mesmo criara. É que tenho notado que as pessoas que leram romances como esse de que estou falando jamais, no desfiar dos anos, são capazes de manter o sorriso maravilhado que tantas vezes descobri na minha miúda.

Mesmo que esse sorriso só lhe ocorra quando vá para as estradas, alta noite, a ver passar os automóveis, e eu saiba perfeitamente o que pode suceder em tais circunstâncias a uma rapariga tão engraçada como ela.

IV.

"Não sabe nada."

Isto disse-me a minha miúda tempos depois no jardim, na altura em que eu lhe explicava, por outras palavras, bem entendido, a pena que o lobisomem de Rocinante — parte bicho, parte gente — andava a cumprir por essas estradas.

Mas não me ouviu. Estava sentada no banco, muito esticada e de pernas unidas, como certas pessoas em visitas de cerimônia, e respondeu-me, sem se importar com o que eu lhe acabava de contar:

"Escusa de se pôr a inventar que não sabe nada. Ouviu bem? Nada. Ninguém sabe nada de mim."

Falava deste modo: rosto e olhar fixos, só os lábios a mexerem continuamente.

"Juro que nunca fiz nada de mal. Andei sempre com velhos e só com um homem em cada carro. Digo-lhe isto porque sei que você esteve lá em casa naquela noite, mais nada. Esteve, pois. Escusa de negar, que esteve."

Mal a vendo, sentia-a a meu lado, adivinhava-lhe os movimentos pelo som: a malinha a abrir-se com o estalo seco do fecho e dentro dela os fósforos, a chave, a caixa de pó de arroz a chocalharem.

Estendeu-me então uma mão-cheia de papéis amarrotados:

"Vá. Telefone para qualquer desses números e pergunte. Pergunte, não tenha medo. São tudo velhos, tudo tipos que não fazem nada. Nada, percebeu agora?"

Agarrei-a de forma a ficarmos frente a frente e deu-se nessa ocasião a coisa mais espantosa que ainda vi na vida: Esmeralda, surpreendida à luz da noite, mordia a cabeça dum fósforo e sorria de maneira muito diferente daquela que sempre lhe conhecera.

"Telefone, não quer?" Continuava a sorrir — com raiva. "O mais que lhe podem dizer é que me beijaram. Ou nem isso. Muitas vezes nem isso."

Nunca compreendera a razão que a levava a sugar constantemente os fósforos que trazia na malinha cor de

Jogos de Azar

medronho. Mas, ao vê-la assim e com uns olhos tão frios que se sumiam nas sombras do rosto esmaecido, afigurou-se-me realmente na sua nova proporção: como um anjo negro, salvo seja, uma ameaça que crescia, crescia, em riscos de se abater também sobre mim com o peso da sua enorme tragédia.

"Eu é que não os beijo. Nunca em toda a minha vida beijei um homem. Nem a si, já vê."

"Esmeralda..."

"Eu cegue se alguma vez beijei um homem. Deixo-os tirar o bâton e muitos nem me dão dinheiro para o pagar. Ou então apalpam e eu não me importo. Tem algum mal, diga? Meu Deus, fale, diga se isso tem algum mal."

"Pronto, Esmeralda. Agora..."

"Agora, o quê?" E ficou retida, com um fósforo nos dentes.

"Nada. Não vale a pena falarmos nisto."

"Mas se eu quiser falar? Falo, pois. Hoje estou assim, conto tudo. Você foi lá a casa naquela noite e já agora há-de saber o resto."

"Não fui, Esmeralda."

Deitou-me as mãos, embravecida:

"Foi, pois."

A apertar-me, muito agarrada a mim e a mascar fósforos, desprendia um cheiro metálico da boca.

Que me lembre, foi aquela a primeira vez em que os dedos se me recusaram a acariciá-la, se bem que dentro de mim houvesse uma imensa compreensão, um mar de ternura capaz de abençoar o mundo mais vil. Sabia que Esmeralda ansiava por chorar, que o não conseguia porque as palavras que soltara tinham perdido para ela todo o significado humano. Sem querer, já eu não a amava nem tinha por ela qualquer indefinível amizade, porque são coisas que não podem gerar-se da compaixão. Tinha, era só isso, perdido a minha qualidade de homem, e portanto para ali ficara impossibilitado de adesão, do gesto quente e natural.

"Não trinque os fósforos", foi tudo quanto consegui dizer.

"Por quê? É só para chupar a madeira, não está a ver?"

"Mas fazem mal, Esmeralda."

"Têm um gosto giro. Quer experimentar um? É bom, palavra."

Perdeu-se num silêncio repentino, mordendo fósforos atrás de fósforos. Daí a nada voltou em voz triste:

"A avó julga que são para fumar e rouba-mos. De manhã parece um cão a cheirar-me a roupa e a mala. E se lhe vem uma pontinha de tabaco, morde-me. Morde-me por tudo e por nada, a filha da puta da velha."

É verdade, a Velha. E, entontecido pelo cheiro a fósforos mastigados que vinha da minha miúda, quase não via os braços que ela arregaçava a mostrar-me as feridas. Pensava apenas na Velha:

Chamar-se-ia Dona Augusta. Dona Augusta Sancho Ferreira ou simplesmente Dona Augusta. Estava de chape-

Jogos de Azar

linho de feltro e de vestido de crepe de luto, transparente a ponto de deixar ver as canelas sujas e a camisa encardida, com escapulários e bentinhos pendurados num alfinete.

Rodeavam-na muitas outras, viúvas de comerciantes e de militares da rainha, com ridículas pensões de sangue, erguendo as bocas desdentadas à aridez do quarto.

Todas cegas, ou, melhor, todas de olhos sugados, e descalças. Ao fundo dos crepes e das tarlatanas plantavam-se os pés sulcados de sujidade e de veias encaroçadas — raízes sem vida, retorcidas; e depois, na extremidade dos dedos, um rosário de unhas negras espalmadas no soalho e já desfeitas, esfareladas pela porcaria, pelo bolor dos anos ou lá o que fosse.

Mas onde teria ela arranjado aquele vestido?

Olhasse para onde olhasse, ninguém descobriria o sítio em que a Velha o pudesse ter escondido durante tanto tempo. A não ser debaixo da enxerga, sem dúvida cheia de côdeas, ou, quando muito, atrás do retrato de veludo velho. De resto, nada. De resto só havia a desolação das paredes altas do quarto, a cama de dossel, a cadeira com o bacio e o pires da dentadura. Ah: e a estampa de Rita Hayworth.

Mas o vestido? Onde o teria ela guardado durante tantos e tantos anos?

Dona Augusta e a matilha de viúvas que a acompanhava permaneciam de mandíbulas escancaradas para o céu. Mesmo em frente, tinham o esquife branco de Esmeralda, toda de mármore virgem e de palmito enfeitada.

"O que mais me custa, Dona Purificação, é ter de ir descalça ao enterro da minha neta. Custa-me, não acho próprio."

"Também a mim, Dona Augusta. Também a mim."

"Custa-me quase tanto como saber que a deixo entrar no coval sem confissão. Há-de concordar que é triste ver partir assim uma neta, sem lhe ter podido dar morte cristã."

"Acreditamos, acreditamos."

Ouviam-se as vozes e, apesar disso, as velhas tinham os corpos estáticos. Pouco a pouco, começaram a agitar-se, tal e qual uma seara seca que o vento afaga.

"Cá por mim, é a única coisa que me pesa na consciência. Isso e ter tratado tão mal os meus dentes", continuou a Velha de Esmeralda. "Se encontrasse um latoeiro capaz, mandava-lhe pôr uns gatos na placa."

"Não vale de nada, Dona Augusta. Já uma vez experimentei e os dentes ficaram que não me cabiam na boca."

"Pois é", disse uma outra. "Os barbeiros de Penalva é que sabiam tratar dos dentes. Tinham fama, sim, senhor."

E mais uma, ainda:

"Hoje, é certo que há por aí muito dentista. Mas quê. Só sabem dar cabo de nós, os malvados."

"Tem muita razão. Dar cabo de nós e comer-nos o dinheiro."

"Exploradores. Cambada de exploradores."

"Dona Pátria, o meu Jerónimo expirou sem querer nada com tal gente."

Jogos de Azar

"Pois e o meu coronel Antunes? Em trinta e sete anos de casado nunca lhe vi médico à cabeceira."

"Nem ao meu falecido, Senhora Dona Purificação."

Cruzes. Puseram-se a esmiuçar padre-nossos e salve-rainhas pelo eterno descanso dos seus defuntos queridos e em louvor de Santo Expedito, que as livrasse das tentações da alma mais do corpo.

"Amém", concluíram em coro.

Uma, a Dona Camila — quem diz Camila, diz Sesinanda, Mariquinhas, Carolina, Zefa, ou Maria do Rosário —, abriu as mandíbulas por cima da gargantilha, e apontou-as, falando com a voz alterada:

"Veem? Só tenho um dente, um queixal. Sabe Deus o que padeço com ele."

"E não o deve tirar. Já não é a primeira vez que se morre duma coisa dessas."

"Mas estorva-me. O meu marido sempre foi de vontade que tudo ficasse como a natureza dispõe. E, paciência, tenho de o conservar. Dentaduras, nem as queria ver, coita-dinho."

"Nem mais, Dona Camila. Devemos confiar em Deus, que é quem fez a natureza, e na Sua augusta providência. Cá por mim, sem dentes como estou, tenho mais força na boca que nos braços. Digo-lho sinceramente. Mais força na boca que nos braços."

"Deus não consente desgraça que não traga recompensa."

"Por isso o meu cunhado de Santarém nunca quis nada de postiço. Nada, a não ser o chinó, mas mesmo isso ninguém chegou a perceber, tão perfeito ele era. E imaginem que na noite da velada lho roubaram."

"Santíssimo Sacramento."

"Roubaram-lho. Foi intento divino para não o deixar ir para a cova com ele."

Suspiraram-se ali mesmo profundas maldições e ignomínias.

Dona Augusta apertou uma côdea de pão. Apareceu-lhe por sortilégio nos dedos, vinda dos próprios ossos ou das unhas compridas em feitio de garras; depois pôs-se a quebrá-las nas gengivas calejadas. Com a boca cheia entoou:

"São os dentes que nos defendem. Quando se chega à nossa idade, não se tem força em nenhuma parte do corpo a não ser na boca."

"Pois por isso, Dona Augusta. Um dente sempre faz falta para desfiar uma febrazinha que apareça."

"Febras?", atalhou Dona Purificação. "Quem se lembra de dar febras a velhas como nós? Pão, e vá lá. Pão duro ensopado em água e um fio de azeite quando o há."

Dona Augusta, a Velha, não parava de roer a côdea. De queixo aguçado, os beiços, toda ela dos pés à cabeça, se debatia e com prazer em movimentos que ecoavam pelo quarto, ampliados pela solidão das paredes.

Na altura em que já não mastigava, mas unicamente sorvia os próprios beiços e os escarros que lhe rouquejavam nas goelas, abriu-se num sorriso cego.

Jogos de Azar

"Ninguém calcula", disse, "o que me custa mastigar. Mas mastigo. Sou obrigada a alimentar-me para cumprir a cruz que me está destinada."

Suspirou com resignação:

"E para ter a boca forte quando me batem."

Reduziu a sua figura numa tal humildade que ficou com o aspecto apagado dos mártires de cera crestada. Depois sacudiu a cabeça com grande simplicidade:

"Para o que uma pessoa cria netos, louvado seja o Santíssimo."

"Para sempre seja louvado", responderam-lhe as outras.

E Dona Augusta vociferou numa lamúria desafinada:

"Mas eu também lhe batia. Ela quis acabar comigo, Deus lhe perdoe, mas enganou-se. Queria extravagâncias, homens, modernices. E isso nunca. Emporcalhar o nome da família é que eu não podia consentir."

"Jesus."

"Deus, em chegando a altura de me pedir contas, bem sabe que fiz tudo para a salvar."

Benzeram-se. Rezaram por alma de Esmeralda, que jazia no esquife branco, de palmito cruzado nas mãos frias. Passaram de seguida ao *Miserere* em latim bárbaro e desfigurado.

"*Agnus Dei qui tolis pecata mundi...*"

"*Miserere nobis*", repetiram por três vezes, com as bocas talhadas em cicatriz nos rostos de rugas e encobertas pelos moncos afilados. E nisto, a Velha apregooou mais forte a sua lamentação:

"Calculem que me fugia, a desavergonhada. Ia para a moina, deixando-me sem comer, sem a menor consideração, digamos, pela minha velhice. E lá pelas tantas da manhã, com o cantar dos galos, entrava de pés mansos por aí. Quantas e quantas vezes não dei com ela a apalpar-me, a ver se eu tinha dinheiro na dobra da camisa. Ai, Dona Pátria, que viver assim com um inimigo debaixo do mesmo teto é muito triste. Muito triste, Dona Pátria."

Lembrando-se disto, Dona Augusta não pôde mais. Ganiu tão alto que o cavername do peito se abalou ao som desgraçado das palavras:

"Sabia de tudo sem a poder ver. O que eu pedia a Santa Luzia que me cobrasse a vista. Mas Deus não se compadeceu de mim, que hei-de eu fazer?"

"Não desespere. Nosso Senhor ainda pode ouvi-la."

"Noutro tempo, quando não tinha este mal nos olhos, jogava às cartas com ela. Passávamos tardes aí, sentadas nessa cama a jogar."

Isso mesmo: com um baralho desirmanado, dos que antigamente oferecia a Real Empreza Litographica Atalaya — recordava Dona Augusta. "Jogávamos", ia contando, "e eu falava-lhe nos banhos da Figueira e nas rendas da minha tia Marechala. Mas agora deixou de me ouvir. Desde que fiquei sem ver, fez-se uma valdevinas temível."

"Não diga nada, que Nosso Senhor inda pode atendê-la, Dona Augusta."

Jogos de Azar

"Agora?", e a Velha desabou num berro para a viúva do Jerónimo, salvo erro. "Agora já não é preciso. Enquanto ela era viva, sim, gostava de ficar metida nessa cama e aparecer-lhe um dia sem estas amaldiçoadas cataratas. Apanhá-la de repente, sem ela esperar."

A simples ideia de que isso podia ter acontecido fê-la rir. Ria sem vontade, no meio das viúvas que a escutavam. "Ai", suspirou, cansada. "Deus nosso Senhor me perdoe."

E logo muito séria:

"Também nunca lhe poupei castigos. Sempre que pude, dei-lhe educação. Aconselhava-a, via-me obrigada a bater-lhe, mas a garça ria-se de mim. Foi então que comecei a mordê-la. Nem calculam como lhe doía."

Dona Purificação e depois as restantes, uma por uma, murmuraram:

"Os tormentos para que uma pessoa está guardada."

"Tormentos, Santo Nome de Deus."

"Sabem lá, sabem lá. Deus me perdoe se a pequena não parecia instrumento do mafarrico para me atentar. Chegava-me a bater. Dava-me pontapés nos artelhos e gritava que a largasse. Largue-me, senhora, largue-me. E eu, zumba, fincava-lhe a boca no pescoço e nos braços até a deixar sem forças."

Naquele instante estavam todas as velhas arrumadas à parede, de queixadas em riste, ameaçadoras na sua trágica impotência. Eram velhas desgarradas de burgos provincianos, agora na cidade que também as repudiou. Ali, no seu reduto de burguesia cega, lá se defendiam deste vale de lágrimas que é o mundo, invocando as providências divinas, como se tivessem despertado dum letargo de muitos anos.

Entretanto, abafada pelo estendal de responsos, esconjuros, salmos de arrenegação, e assombrada pelos rostos de cinza das esposas dos saudosos extintos, jazia na sua mortalha de mármore a miúda que eu tão bem conhecera, Esmeralda do Rosário Ferreira. Intocável agora. E serena. Nem uma sombra a perturbar a sua virgindade imaculada, além das marcas imperecíveis das queixadas da avó, tecidas nos braços e no pescoço como vergastadas de fogo ou sulcos de ira, sulcos que só uma velha sem dentes e a força das maxilas podem conceber.

Aqui está, pois, o que eu li nos braços marcados que a minha miúda me mostrava nessa noite. Vendo-a, já morta, dali a alguns anos ou a alguns momentos, enquanto na verdade a tinha sentada ao meu lado num banco de jardim, ela estava mais viva e mais real na sua imagem. Esmeralda era já outra, muito diferente daquela que conhecera pelo reflexo da montra da tabacaria, e creio que mais verdadeira porque nada há para avaliar a qualidade dos mortais como o fim que lhes prevemos.

"Está a ver? Vê o que essa velha maluca me faz? E ainda por cima a insultar-me por tudo e por nada, a chamar-me garça, sua garça de mau porte."

Esmeralda, essa garça, chorava diante de mim. No sossego da noite, dir-se-ia uma personagem de santuário e de faces iluminadas em pranto.

Jogos de Azar

Mas badalou um relógio de torre e, quando isso sucedeu, ela puxou as mangas do vestido para cobrir os braços e, muito apressada, cuspiu uns restos de fósforos:

"Agora até qualquer dia."

Nunca tinha ouvido antes soar um relógio na calma daquele jardim e pareceu-me que isso provinha dum entendimento secreto da minha miúda e que há muito ela esperava por aquele sinal. Não lhe pedi, portanto, que se demorasse um pouco mais nem fui acompanhá-la ao fundo da calçada, onde os elétricos dão a volta, como fizera tantas e tantas vezes. Parti primeiro, deixando-a onde estava, a morder carinhosamente as hastes dos fósforos.

Avenida abaixo, até onde a minha vista a podia abranger, ia-me voltando para trás. Mesmo bastante longe parecia-me ainda vê-la, percorrida por um rastro de faróis, sempre que um automóvel passava pelo local onde nos tínhamos separado, à saída do jardim.

Deixei-a, é certo, sozinha e a trincar fósforos. Mas que poderá uma pessoa, unicamente por si só, quando se lhe depara uma rapariga com o corpo traçado pela boca esfaimada duma velha? Uma rapariga que nada sabe do nosso mundo nem nunca beijou um homem?

A menos que um vento sagrado de justiça venha dignificar as razões ultrajadas, os gestos, o olhar, tudo o mais — nada.

Nada, digam o que disserem. Nada. Nada.

*Uma Simples Flor
nos teus Cabelos Claros*

"Mas a meio caminho voltou para trás, direita ao mar. Paulo ficou de pé no areal, a vê-la correr: primeiro chapinhando na escuma rasa e depois contra as ondas, às arrancadas, saltando e sacudindo os braços, como se o corpo, toda ela, risse.

Uma vaga mais forte desfez-se ao correr da praia, cobriu na areia os sinais das aves marinhas, arrastou alforrecas abandonadas pela maré. Eram muitas, tantas como Paulo não vira até então, espapaçadas e sem vida ao longo do areal. O vento áspero curtira-lhes os corpos, passara sobre elas, carregado de areia e de salitre, varrendo a costa contra as dunas, sem deixar por ali vestígios de pegada ou restos de alga seca que lhe resistissem."

"Marcaste o despertador?"

"Hã?"

"O despertador, Quim. Para que horas o puseste?"

"... E tudo à volta era névoa, fumo do mar rolando ao lume das águas e depois invadindo mansamente a costa deserta. Havia esse sudário fresco, quase matinal, embora, cravado no

céu verde-ácido, despontasse já o brilho frio da primeira estrela do anoitecer..."

"Desculpa, mas não estou descansada. Importas-te de me passar o despertador?"

"O despertador?"

"Sim, o despertador. Com certeza que não queres que eu me levante para o ir buscar. És de força, caramba."

"Pronto. Estás satisfeita?"

"Obrigada. Agora lê à vontade, que não te torno a incomodar. Eu não dizia? Afinal não lhe tinhas dado corda... Que horas são no teu relógio? Deixa, não faz mal. Eu regulo-o pelo meu."

"— Mais um mergulho — pedia a rapariga.

A dois passos dele sorria-lhe e puxava-o pelo braço;

— Só mais um, Paulo. Não imaginas como a água está estupenda. Palavra, amor. Estupenda, estupenda, estupenda.

Uma alegria tranquila iluminava-lhe o corpo. A neblina bailava em torno dela, mas era como se a não tocasse. Bem ao contrário: era como se, com a sua frescura velada, apenas despertasse a morna suavidade que se libertava da pele da rapariga.

— Não, agora já começa a arrefecer — disse Paulo. — Vamo-nos vestir?

Estavam de mãos dadas, vizinhos do mar e, na verdade, quase sem o verem. Havia a memória das águas na pele cintilante da jovem ou no eco discreto das ondas através da névoa;

ou ainda no rastro de uma vaga mais forte que se prolongava, terra adentro, e vinha morrer aos pés deles num distante fio de espuma. E isso era o mar, todo o oceano. Mar só presença. Traço de água a brilhar por instantes num rasgão do nevoeiro.

Paulo apertou mansamente a mão da companheira;

— Embora?

— Embora — respondeu ela.

E os dois, numa arrancada, correram pelo areal, saltando poças de água, alforrecas mortas e tudo o mais, até tombarem de cansaço."

"Quim..."

"Outra vez?"

"Desculpa, era só para baixares o candeeiro. Que maçada, estou a ver que tenho de tomar outro comprimido."

"Lê um bocado, experimenta."

"Não vale de nada, filho. Tenho a impressão de que estes comprimidos já não fazem efeito. Talvez mudando de droga... É isso, preciso de mudar de droga."

"— Tão bom, Paulo. Não está tão bom?

— Está ótimo. Está um tempo espantoso.

Maria continuava sentada na areia. Com os braços envolvendo as pernas e apertando as faces contra os joelhos, fitava o nada, a brancura que havia entre ela e o mar, e os olhos iam-se-lhe carregando de brilho.

— Tão bom — repetia.

— *Sim, mas temos que ir.*

Com o cair da tarde a névoa desmanchava-se pouco a pouco. Ficava unicamente a cobrir o mar, a separá-lo de terra como uma muralha apagada, e, de surpresa, as dunas e o pinhal da costa surgiam numa claridade humilde e entristecida. Já de pé, Paulo avistava ao longe a janela iluminada do restaurante.

— *O homem deve estar à nossa espera* — *disse ele.* — *Ainda não tens apetite?*

— *E tu, tens?*

— *Uma fome de tubarão.*

— *Então também eu tenho, Paulo.*

— *Ora essa?*

— *Tenho, pois. Hoje sinto tudo o que tu sentes. Palavra."*

"Se isto tem algum jeito. Qualquer dia já não há comprimidos que me cheguem, meu Deus."

"Faço ideia, com essa mania de emagrecer..."

"Não, filho. O emagrecer não é para aqui chamado. Se não consigo dormir, é por outras razões. Olha, talvez seja por andar para aqui sozinha a moer arrelias, sem ter com quem desabafar. Isso, agora viras-me as costas. Nem calculas a inveja que me fazes."

"Pois."

"Mas sim, fazes-me uma inveja danada. Contigo não há complicações que te toquem. Voltas as costas e ficas positivamente nas calmas. Invejo-te, Quim. Não calculas como eu te invejo. Não acreditas?"

Jogos de Azar

"Acredito, que remédio tenho eu?"

"*Que remédio tenho eu... É espantoso. No fim de contas ainda ficas por mártir. E eu? Qual é o meu remédio, já pensaste? Envelhecer estupidamente. Aí tens o meu remédio.*"

"*Partiram às gargalhadas. À medida que se afastavam do mar, a areia, sempre mais seca e solta, retardava-lhes o passo e, é curioso, sentiam a noite abater-se sobre eles. Sentiam-na vir, muito rápida, e entretanto distinguiam cada vez melhor as piteiras encravadas nas dunas, a princípio pequenas como galhos secos e logo depois maiores do que lhes tinham parecido à chegada. E ainda as manchas esfarrapadas dos chorões rastejando pelas ribas arenosas, o restaurante ermo, as traves de madeira roídas pela maresia e, cá fora, as cadeiras de verga, que o vento tombara, soterradas na areia.*

— O mar nunca aqui chega — tinha dito o dono da casa. — Quando é das águas vivas, berra lá fora como um danado. Mas aqui, não senhor. Aqui não tem ele licença de chegar."

"A verdade é que são quase duas horas e amanhã não sei como vai ser para me levantar. Escuta..."

"Que é?"

"Não estás a ouvir passos?"

"Passos?"

"Sim. Parecia mesmo gente lá dentro, na sala. Se soubesses os sustos que apanho quando estou com insônias. A Nanda lá nisso é que tem razão. Noite em que não adormeça veste-se e vai dar uma volta com o marido a qualquer lado. Acho um exagero, eu nunca seria capaz de te acordar... mas, enfim, ela lá sabe. O que é certo é que se entendem à maravilha um com o outro. E isso, Quim, apesar de ser *a tal tipa,* que tu dizes. Também, ainda estou para ter uma amiga que na tua boca não seja uma tipa ou uma galinha."

"Jantaram à luz duma vela porque tinha havido avaria na central elétrica. O dono da casa estava cansado de telefonar para a vila e de lá prometiam, prometiam, e nada. Por isso pedia-lhes que tivessem paciência, que o desculpassem por não serem tão bem-servidos como ele desejaria; para muita mágoa do homem, nem ao menos puderam ouvir o rádio, que naquele sítio apanhava um sem-número de emissoras, da mais forte ao simples ponto de som perdido no mapa, estações de bordo e transmissões de amadores cruzando o mundo com as suas mensagens.

Parado, a meio da loja, o estalajadeiro abria os braços em sinal de desalento:

— Falta de providências, é só disso que eu me queixo.

— Mesmo assim é bom — disse Maria com a voz quase apagada. — Cá por mim, sinto-me muito bem aqui.

O homem chegou-se vagarosamente à mesa:

— O que seria então se a senhora viesse cá em abril. Por enquanto, o nordeste ainda anda teimoso, faço-me compreender? Mas para o mês que vem há aqui dias que nem o melhor verão se pode gabar de apresentar.

Vergou-se todo sobre eles, os bigodes rijos e esticados no ar arremedavam um sorriso: 'faço-me compreender?', dizia ele com

Jogos de Azar

o seu silêncio. Pousou um olhar triste na vidraça e, passado tempo, voltava:

— Agora é isto. Morto, tudo morto.

Falando, a luz da vela só lhe apanhava a testa mirrada, desfazia-se pelas barbas grossas de cão de azenha e carregava-lhe de penumbra o resto da figura.

— No inverno tenho dias que nem abro a porta. Verdade. Fecho-me aqui dentro, faço-me compreender? Ligo o aparelho e ponho-me a ouvir música e a fazer os meus cálculos para a época que vem. Este ano vamos ter bem o dobro de banhistas. Para mais e nunca para menos.

Paulo ergueu-se na cadeira para acender o cigarro ao coto da vela. À sua frente a rapariga dirigiu-lhe um sorriso leve. A chama dançou à volta do pavio, sombras erraram pelos cantos da casa, por cima das prateleiras vazias e das cadeiras empilhadas sobre as mesas. Mas quando se soltou a parte queimada do pavio, a luz rompeu tão nítida que deixava ver uma ligeira penugem brilhando no pescoço liso da rapariga.

Estava então voltada para a janela, com os olhos pousados nos rolos de névoa que corriam por detrás das vidraças sujas, sobre o mar. Em voz lenta e com o olhar perdido, ia dizendo:

— Parece que tudo isto cheira, não sei explicar bem. É como se tudo isto tivesse um cheiro especial, não é?

— Vida de condenado — continuava o homem do restaurante; e sacudia a cabeça. — No fim de contas, que é isto senão vida de condenado? Outra cerveja?

— Sim, mais uma. Também queres?

Ela sorriu.

— Mais duas — disse então o companheiro.

O homem afastou-se para o fundo da loja, sempre a remoer:

— Ao menos que eu bebesse. Mas nem isso. Fumar também não é comigo. Um cigarrito lá de tempos a tempos, quando calha, e olha lá. O que ainda me dava uma certa distração era a telefonia. Ou isso ou quando desenferrujava a língua com os pescadores que passavam por aí.

Levantou a voz:

— Uma preta e outra branca, não foi que disse?

— Sim — respondeu Paulo. — Uma cerveja preta e outra branca.

Tinha os olhos na rapariga, do outro lado da mesa. Aparecia-lhe muito serena ao esplendor fraco da vela, com as pernas esticadas contra as dele."

"Que é?"

"A janela da sala. A rapariga esqueceu-se de a fechar, com certeza. Eu vou lá, não precisas de te incomodar."

"Caramba."

"Eu vou, deixa-te estar. Fazes nervos, apre."

"Tu é que fazes nervos."

"Eu? Andas há não sei quanto tempo para arranjar a janela e ainda por cima dizes que te faço nervos? Não, Quim. Lê à vontadinha, mas por amor de Deus não embirres."

"Toda ela sorria e, contudo, tinha o rosto quieto e vivo como uma rosa de sol, uma rosa de Natal ou qualquer outra flor de

poetas. Talvez Desnos, Maïakovsky ou Van Gogh, ou Eluard. Ou talvez até nenhum destes; e muito menos Gide, Debussy, Pessoa, porque um momento assim é a véspera do estado de graça, quando as palavras perdem o sentido, a força real, e os gestos trazem uma nova linguagem, a glória, a inteligência física..."

"Querido, não imaginas como gosto dele."

"Sim?"

"Então não achas que me ficava bem? Assim com esta parte do cabelo puxada para cima?"

"Pois, talvez. A janela sempre estava aberta?"

"Era a persiana que se tinha desprendido. Mas não achas que me ficava bem? Um bocadinho para este lado, repara..."

"Acho que sim, mas agora deita-te."

"A Nanda usa-o ainda mais para cima, mas o cabelo dela também não se presta. Em todo o caso o Martin penteou-a há dias duma maneira assombrosa."

"Toda ela sorria... Algures, onde a luz da sala não chegava, o homem abria as garrafas. Não o viam dali, mas sentiam-lhe a voz a boiar nos fundos da loja.

— Dantes ainda o cabo de mar aparecia por cá. Bebíamos um copo, falávamos de coisas e o tempo passava. Mas agora o macaco está-se nas tintas. Não é como no verão, faço-me compreender? Não há banhistas nem multas para caçar.

Sempre a falar, atravessou a casa, com uma garrafa em cada mão. E, sacudindo a cabeça:

— Há bem um mês que não lhe ponho a vista. Ehee. Faz ele bem. Não há multas, não há distrações... Segue-se que fico para aqui a ouvir o aparelho, as músicas, os noticiários e, para ser franco, nem à vila me apetece ir. Mas desta vez não pode deixar de ser. Tenho de falar com os homens da central elétrica. A cerveja preta é para a senhora?

Encheu os copos e empertigou-se. Acrescentou:

— E se havia homem que temesse mais a música. Não gostava, isto é falar com toda a sinceridade. Música não era comigo.

Ia continuar quando Paulo o calou a um sinal. O dono da casa recuou um passo para o meio da sala e quedou-se em silêncio, intrigado. Mas daí a pouco soltou um esguicho de risada, as mãos ossudas planaram no ar desajeitadamente, num gesto de desinteresse.

— Não tem importância — disse. — É uma folha de pita, nas traseiras.

— Tem graça, parecia alguém a bater à porta.

— Nada, senhora. É só lá fora, a piteira. Seja na praia, seja aqui em casa, não há barulho que eu não conheça. Isto que agora ouvimos é a piteira a dizer que o vento vai mudar. Garantido. A piteira só bate assim nas tábuas quando o nordeste começa a mudar de rumo e a apanha duma certa maneira.

Maria tinha a mão estendida por cima da toalha, procurando a do rapaz e apertando-lha. Entretanto, ouviam o vento

Jogos de Azar

sobre as dunas, vindo de nordeste e anunciando a nova estação, os dias de calma e de céu limpo e radioso, e sentiam a folha da pita, aliada desse vento e dessa solidão, e até de raro em raro, o estalejar do pavio da vela.

— Acolá, o patrulha. Espere.... Olhe agora. Agora, agora, não está a ver?

O homem apontava, para lá da janela, duas luzes de embarcação que piscavam no oceano ao ritmo das vagas.

— O patrulha da costa. Apostava em como estão a dar nove horas.

Paulo olhou o relógio:

— Nove e um quarto.

— Vem atrasado — disse o estalajadeiro. — Com certeza por causa do vento e do nevoeiro que esteve de tarde. Quando não, é fatal: às nove em ponto tenho o patrulha da costa a passar nessa janela e o noticiário na telefonia.

Diante dos dois hóspedes, falava-lhes com o à-vontade com que se encontram os conhecidos de passagem. Via o casal, apreciava a maneira como comiam e bebiam, isto é, a maneira como usavam apenas uma das mãos para continuarem unidos pela outra que mantinham sobre a toalha — e nada disso o intimidava, não havia nele sequer a curiosidade, a manha ou o pudor de um estranho na presença dos pares que se amam.

Via-os comer e parecia satisfeito de vê-los.

— Se não fosse a encrenca da central, ouvíamos bela música a esta hora — continuava ele. — Mas amanhã têm-me à perna. Fecho aqui o cão e vou lá saber que pouca-vergonha é esta.

— *Tem cá um cão?*

O homem respondeu que tinha:

— *Um animal terrível, Deus livrasse a senhora. Ao menos com aquele posso estar descansado. Fecho-o cá dentro, meto a chave ao bolso e quando voltar está tudo na mesma. E ai de quem se atreva a chegar a essa porta na minha ausência. Ai de quem se atreva, só lhe digo.*

A rapariga ouvia-o e não lhe perdia um gesto, apertando sempre a mão de Paulo na dela.

— *Ouça, pode-se ver o cão? Deixa-me só vê-lo, Paulo.*

O homem tirou uma corrente da gaveta do balcão; saiu a arrastá-la pelo sobrado. Embora nada dissesse, levava um sorriso de contentamento.

Paulo encolheu os ombros:

— *Vê o que arranjas.*

— *Nada* — *segredou ela, e tão baixo que Paulo mal a entendeu.* — *Não sei por quê, mas agora não há nada que me meta medo. Verdade, Paulo. Nada, absolutamente nada.*

Ele olhava-a bem de frente, os cabelos claros e soltos, a boca sem cor, a pele fresca, rija.

— *Maria...*

Soprou para longe uma fumaça demorada.

— *Maria* — *tornou pouco depois com esforço.* — *Desculpa ter-te trazido para aqui. Se quiseres, ou, melhor, se não quiseres, vamos embora.*

— *Mas é um sítio admirável. É o melhor restaurante, a melhor praia, o melhor criado do mundo. A melhor água, o melhor tudo.*

Jogos de Azar

— Não, não é isso que eu quero dizer.

A rapariga pôs-se séria de repente. Reparou que o companheiro tinha a ponta do cigarro entalada nos dedos; que a apertava com as unhas fortemente.

— Sim — disse ela daí a instantes. — Eu sei que não é isso.

Paulo abriu os dedos, o cigarro apagado caiu distraidamente em cima da toalha. Acendeu logo outro à chama da vela, sem contudo o aproveitar porque o queimara demais, sujando-o de fumo, e tirou à pressa mais um, que se pôs a sugar com sofreguidão para o acender. Sorriu desajeitadamente:

— É estranho, mas não sei como te hei-de dizer...

— Oh, não digas, Paulo.

Só nesse momento a pôde ver com clareza. Estava a sorrir, o nariz tremendo ao de leve.

— Não é preciso — murmurava ela então. — Eu também tenho pensado nisso muitas vezes. Talvez, sei lá, talvez eu mesma to dissesse."

"Acabaste, Quim?"

"Por agora, pelo menos. Está quente demais, este quarto."

"E é bom, o livro?"

"É uma história de dois tipos apaixonados. Dois tipos novos."

"Conta, Quim. É capaz de contar a história à sua mulherzinha?"

"Ora, quase não tem que contar. É um rapaz que está na praia com uma rapariga."

"E depois? Conta, não sejas chato."

"Depois vão tomar banho. À noitinha, quando o sol está mesmo a desaparecer."

"À noitinha? Tu não estás bom da cabeça, Quim."

"Verdade, à noitinha."

"Mas isso é só nos filmes dos milionários, lá nos mares do sul. Só aí é que há banhos à noite. Ou nas piscinas, quando está tudo bêbedo."

"Não, estes não estavam bêbedos nem eram milionários."

"Eram malucos. Ou então faziam isso para armar. Não me queres convencer que acreditas numa coisa dessas."

"Claro que acredito. Por que não?"

"Pobre Quim. O meu Quim agora deu em maluquinho. Deu em maluquinho, não deu?"

"Quieta, Lisa."

"Deu em maluquinho, pois. Mas eu sou a mulherzinha dele e vou guardá-lo muito bem guardado para que não fuja para a praia como os maluquinhos. Não é?"

"Quieta, Lisa."

Arrumou o livro na mesa de cabeceira e apagou a luz.

Ritual dos Pequenos Vampiros

Um deles tinha o ouvido encostado à fechadura. Bateu e esperou. Tornou a bater: nada.

"Mais força, que a velha é surda."

Sentiram então uns pequenos ruídos do lado de lá da porta, sons breves e desligados, como acontece quando se dá um passo em segredo e os ossos estalam de súbito nas articulações. Depois o silêncio — e nesse silêncio ficaram os três muito quietos, cada qual procurando receber um sinal, uma mensagem, através da madeira, da fechadura, por uma frincha qualquer, ou, quem sabe, dissolvida até no bafio do vão da escada. Fosse como fosse, adivinhavam a presença de alguém a um palmo deles, por detrás da porta, mas esperavam uma distração, um movimento menos cauteloso que a denunciasse.

Nisto, deram com um olho baço cravado na penumbra, a espreitá-los. Estava ali, depositado no buraco do ralo, como se há muito os vigiasse sem eles saberem e a tudo assistisse com uma frieza de ameaça.

"Que desejam?", disse uma voz mansa (voz cantada, de mulata velha, e infantil e cortês, apesar da sua secura); e entretanto o olho baço continuava imóvel.

"Queríamos ver o Simas", respondeu Heliodoro.

A porta abriu-se. Diante deles revelou-se uma figura de mulher (que era realmente velha e mulata) espalmada contra a ombreira a dar-lhes passagem. Já dentro de casa, viram-na deslizar mansamente, correr o trinco e ficar colada à parede do corredor como uma sombra, tosca, escorrida pela luz suja que vinha da bandeira da porta em frente.

Estava descalça e esfregava os pés um no outro. Depois, sem qualquer palavra, estendeu uma perna até alcançar a porta do quarto, sacudiu o corpo para a empurrar e, com esse movimento, espalhou à volta um cheiro forte a fritos e a alecrim queimado. As dobradiças chiaram, a luz do quarto alastrou vagarosamente pelo corredor. E a mulata, arrumada à parede, parecia reter em si todo aquele fedor morno e adocicado que vinha dos cantos da casa.

Apinhados na passagem estreita, os três amigos apenas viam parte do compartimento em frente: um pedaço de cama, dois sapatos de camurça a prumo sobre a coberta e os vincos dumas calças apontados para o ar como dois gumes.

Calados, a passo respeitoso, entraram no quarto. Eram três visitantes discretos que, na aparência, evitavam observar em redor, ignorando a pobreza da casa e a velha que os espiava, e todos eles pareciam meditar diante do corpo estendido no leito de ferro na posição sacramental.

Jogos de Azar

"Topa-me as unhas, Lidoro", segredou um dos visitantes.

Heliodoro acendeu um cigarro no isqueiro; às primeiras fumaças os olhos apertaram-se-lhe contra a chama. Olhos de cobra, rápidos e frios, com uma força elástica de abranger tudo: o bacio cheio de pontas e cinza de tabaco, as cautelas de penhor e as faturas de compras a prestações espalhadas pelo travesseiro, o pilão de pedra escura, a um canto. Dos lados corriam as paredes bolorentas, com chagas de umidade e marcas de sangue de percevejos aninhados na enxerga ou talvez mesmo no tabique podre, sob o estuque. E, rodeado por tudo isto, Simas Anjo, realmente de unhas envernizadas, em camisa às listras e gravata estampada.

"Unhas arranjadas", tornou, sempre em segredo, a mesma voz de há pouco. "E contas em dia. Parece que vai para uma viagem."

Ia a pegar numa das cautelas de penhor, mas Heliodoro segurou-lhe a mão:

"Pianinho, Oliveira."

Olhou de esguelha para a porta: a velha já não estava no corredor. Mesmo assim insistiu:

"Pianinho, pá, pianinho."

O outro, Oliveira, afastou-se para o fundo do cubículo, no desvão que o teto ali fazia. Deslocou-se a passos vagarosos, enfastiados (de polícia, dir-se-ia), e acabou por se sentar no chão, aos pés da cama. Por sua vez, o terceiro visitante veio para junto dele e ambos, acocorados, se puseram a

JOSÉ CARDOSO PIRES

fumar em silêncio. Heliodoro, esse, estava de guarda ao companheiro estendido.

"Chiça", desabafou baixinho, apontando o postigo por cima da cabeça dos outros dois. "Isto não é um quarto, é uma jaula."

Os visitantes acocorados levantaram os olhos. O postigo, ou, antes, o respiradouro era uma dessas grelhas abertas entre dois degraus de patamar dos prédios antigos — uma grade de calabouço, exatamente, embora colocada de maneira bizarra.

"Melhor para ele", disse Oliveira. "Assim, quando for encanado, já não estranha. Que horas são?"

"Sete", respondeu Heliodoro.

Lentamente, fechou a porta do quarto. Em seguida voltou para junto do leito e, dobrando-se, muito atento, sobre Simas Anjo, levantou o braço no gesto de lhe desfechar um murro:

"Seu calhordas", rosnou ele, numa ameaça.

A estas palavras o corpo do outro agitou-se, as mãos escuras voltearam no ar, abrindo aos olhos de todos as palmas brancas como duas pombas. Num salto, Simas Anjo aparecia-lhes sentado na cama no meio de fumo e de luz, e os visitantes, por detrás dos seus cigarros, viam-no como que numa nuvem, a fitá-los demoradamente.

"A que horas", começou Heliodoro por perguntar, "ficaste tu de ir ter com a miúda?"

Jogos de Azar

Simas Anjo não respondeu. O rosto cinzento, de crioulo escuro, o cabelo esticado e a luzir de brilhantina, todo ele, em suma, parecia assombrado diante da presença dos dois indivíduos agachados ao fundo do quarto. O teto descaía lá do alto, encurralando-os contra a parede.

Apontou com o queixo o visitante mais alto, como que a querer saber de quem se tratava.

"É o Mudo", responderam-lhe.

Simas Anjo abanou a cabeça:

"Não pode ir, está a mais."

Aos pés da cama, o homem em questão seguia tudo. Tentou endireitar-se, arrastou primeiro o tronco ao correr da parede, a seguir as pernas, mas não cabia, o teto ali era baixo demais; e recaiu na mesma postura, de pescoço dobrado e cara contra os joelhos, de forma que lhe apareciam as canelas cobertas de cicatrizes. Então o crioulo voltou-se para Heliodoro:

"O Mudo da Arlete?"

"O Mudo da Arlete, pois."

Ficaram-lhe os olhos naquelas marcas lendárias que rompiam por debaixo das calças, na tal orelha rasgada a dente, no cabelo ralo e já grisalho. Tinha diante dele o Mudo da Arlete em pessoa. Ele mesmo: arrogante e frio como se dizia que era; solene e desdenhoso; e com as cicatrizes que os companheiros lhe tinham aberto à canelada quando, nos momentos de aperto, era necessário avisá-lo do perigo e acordá-lo das suas fúrias obstinadas. "Os sinais de alarme", pensou Simas Anjo, encadeado com aquelas marcas do surdo-mudo. E deixou-se cair para trás, sobre a coberta:

"Gente a mais, gente a mais", começou a entoar, voltado para o teto. "Uma geral de quatro gajos é muita fruta para uma miúda daquelas, oh porra de jogada."

"Mais um, menos, é igual", rosnou Oliveira.

"Não aguenta, quatro gajos à maldade não cabem dentro do corpo da miúda, basta vê-la, basta olhar para ela. E, porra, então com esse, então com o Mudo. E vocês foram-no buscar, que porra. O Mudo, um ardilas com cadastro que não interessa nem ao Menino Jesus."

"Simas", disse então Oliveira. "Para teu governo, as miúdas aguentam o que for preciso e ainda choram por mais." Tinha crescido ao lado do Mudo e estava de pé, rente ao teto como uma sombra que cobrisse a cama e o corpo deitado nela. "Aguentam, pois, e isto para teu governo, estás-me a ouvir bem? Estás-me a ouvir ou és de gesso? Por outro lado", disse, "nunca esquecer que este Mudo, este gajo que tu aqui vês ao pé de mim, fez um jeito ao teu amigo. Um jeito, topaste bem? Safou o teu amigo Oliveira duma enrascada, e para quem tem sentimentos essas coisas são de contar. Ou acha que não, seu preto?"

Simas Anjo continuava rígido, sapatos e vincos das calças apontados para o teto e uma voz a sair dele.

"Um gajo queimado", dizia a voz de Simas, "um gajo como ele só serve para complicar e vocês sabem. Tu sabes, Oliveira. Não tinhas nada que o trazer, camandro."

Jogos de Azar

"Não tinha nada que o trazer?", arremeteu Oliveira, de sobrancelha levantada mas em tom pausado, ameaçador. Ao mesmo tempo procurava esconder a cara das vistas do Mudo, atrás dele. "Mas qual é a moral deste meco, vamos lá a saber? Então você não dá licença que se dê uma borla a um amigo, seu calhordas?"

Encostado à parede, Heliodoro assistia à discussão. Acabou por encolher os ombros:

"Agora já não há nada a fazer. É mais um, que se lixe. A que horas ficaste de estar com a miúda?"

"É preciso não ter vergonha nenhuma na ponta da tromba", resmungava ainda Oliveira, "para vir com motes destes para os amigos. *Não tinha nada que o trazer...* palpitem. Este otário em aflição, a malta a dar-lhe uma ajuda, e o sacana ainda por cima com partes: *Não tinhas nada que o trazer...* Então quem é que faz aqui o jeito? É você ou somos nós, seu calhordas?"

"Conversa", disse o crioulo estendido na cama, e parecia enojado, desabafando para algures, longe dali. "Eu é que engatei a miúda e por enquanto quem trata dela é cá o rapaz." E em tom sumido: "Por enquanto ainda é só minha."

Oliveira levou a mão à orelha, como se não acreditasse no que ouvira:

"Por enquanto o quê?"

E riu; riu um riso falso, assistido pelos presentes na maior seriedade.

"Sim", confirmou o outro, impassível. "Eu é que conheço a garota e se digo que quatro é gente demais, cá tenho as minhas razões."

Heliodoro tomou um ar grave. Pausadamente, falou com a voz do bom-senso, branda e segura:

"Gente a mais, Simas, é coisa que nunca há num tribunal. Se em vez de três testemunhas aparecerem quatro melhor, mais queimada fica a galdéria e isto é trigo limpo para quem tem cabecinha e vai por si. Mordeste bem a questão?"

E Oliveira, acudindo:

"Está visto. No tribunal quanto mais provas melhor."

"Aguente-se", ordenou-lhe Heliodoro para o calar. Fez uma pausa. E depois: "Agora, Simas, o que é preciso é dar expediente à miúda. A que horas vais ter com ela?"

O crioulo passava a língua pelos lábios finos e ressequidos. Ouvia, e o suor e a brilhantina escorriam-lhe pela testa e pelo pescoço. Sereno e duro, Mudo da Arlete vigiava tudo do seu lugar: o homem estendido na cama, Oliveira e os seus gestos nervosos, o cigarro de Heliodoro dançando-lhe na boca quando falava.

"Sereninho", estava ele a dizer nesse instante. O cigarro movia-se para baixo e para cima, lentamente. "O que é preciso é não estrilar e pôr a miúda mansa. Já explicaste ao Mudo o que há a fazer?"

Oliveira fez que sim:

"Ele quer ir a seguir ao Simas."

Jogos de Azar

"A seguir ao Simas?", encrespou-se imediatamente Heliodoro. "Não faltava mesmo mais nada, o gajo a seguir ao Simas. E eu, já pensaste? Qual é o meu papel no meio da jogada? Não. O Mudo vai, mas é na tua vez, que vai muito bem."

"Não sei..." Oliveira aqui falou de meia-cara, furtando-se às vistas do Mudo. "Não sei lá muito bem se o gajo aceita."

"Aceita, pois. E se não aceitar, o negócio é teu. A quem é que ele fez o favor? Quem é que lhe deve a pasta, sou eu? É aqui o Simas? É a miúda?

"Oh", fez o crioulo.

"Vai em terceiros, depois de mim, e serve de testemunha como a gente, se for preciso. Topaste ou queres por escrito?"

"Oh", tornou Simas Anjo.

"Em terceiros e se a miúda for para tribunal, aguenta firme."

"É malvisto, Lidoro." Deitado, Simas Anjo quase não se mexia. Abria e fechava a boca quando muito, e a cada palavra a saliva brilhava na alvura dos dentes. "Não pode ser. O Mudo está queimado, os juízes dizem logo que a garota foi forçada."

O rosto de Oliveira cobriu-se dum sorriso velhaco:

"Forçada? Vai à tua vida, rapaz. Estas coisas não se fazem à força."

"A menos", disse Heliodoro, "que tu entres com a pasta para o Mudo. Quanto é que lhe deves, Oliveira?"

"Cinquentas. Mas ele só quer o dinheiro do bilhar. Trinta paus, fora o barato. Tens trinta paus, Simas?"

"Simas", disse Heliodoro, "se fosse a ti pegava já. Entravas com trinta dele para o Oliveira e ficavas livre do Mudo."

"Ficava ele e ficava a miúda", acrescentou Oliveira.

Nesse momento o Mudo rompeu lá do fundo do esconso aos urros roucos e ansiosos. Fazia gestos, abria as goelas. Oliveira explicou:

"Está a perguntar se a galdéria é boa e que idade é que tem."

Sentando-se na cama, o crioulo ficou indeciso por instantes. Em seguida, sem vontade, mostrou a mão aberta ao Mudo e apresentou-lha uma, duas, três vezes seguidas.

"Quinze", disse Oliveira. "Escusas de fazer sinais. Se falares devagar ele percebe."

"Percebe?", repetiu Simas Anjo, perdido no nevoeiro do fumo de cigarro que enchia o compartimento.

"Tudo. Não há nada que ele não perceba pelo mexer da boca. Queres ver? Eh, Mudo. *Va-mos-à-ga-ro-ta?*"

O outro sorriu, levou dois dedos à orelha, no gesto de quem aprecia um presente, um desejo. Depois moveu as mãos como se contornasse um belo corpo e soltou um grito de ave velha. Riu, estrebuchou, como decerto riem e estrebucham as aves velhas, e rolou a cabeça pela parede. Isso e os sons que lançava faziam-no rir ainda mais.

"O pior", murmurou Simas Anjo, sentado na cama, "é o gajo ter cadastro."

Jogos de Azar

Oliveira não o deixou continuar:

"É igual. Desde que ele declare que a comeu, o juiz não tem nada a ver com cadastro nem coisa nenhuma. Ou bem que uma mulher pertence só a um homem, ou então arroz fingido."

"O Oliveira tem razão. A lei manda que uma mulher só seja dum homem", disse Heliodoro.

De novo o Mudo se sacudiu lá no canto em gargalhadas e em berros desordenados. Agora apontava para o próprio Heliodoro, que se sentara no pilão e que assim parecia agachado nesse enorme almofariz de pedra como se estivesse fazendo uma necessidade. Os outros perceberam isso pelos gestos dele e riram a bom rir.

Heliodoro levantou-se:

"Para que é este penico?"

"Pisar milho", respondeu o crioulo.

E Oliveira, emendando com nojo:

"Farinha de pretos. Lá em Cabo Verde os gajos matam os pretos à paulada, peneiram e vendem farinha de pau-santo. É assim ou não é, seu calhordas?"

A verdade é que Simas Anjo não o ouvia, estava atento a qualquer coisa fora dali. De súbito deu um salto da cama e abriu a porta à queima-roupa:

"À escuta, sua velha?"

A luz dera-lhe em cheio. Apanhara-a espalmada na parede, esfregando ainda os pés descalços um no outro como dois molhos de ossos, duas pontas de raízes secas.

JOSÉ CARDOSO PIRES

Entre dentes, baixinho e sem tirar os olhos da mulata, Oliveira pôs-se a resmungar "bera que se farta, essa velha, bera que se farta", enquanto os outros, sem o escutarem, pareciam comprometidos por aquela figura agourenta que emergia das trevas. Ali mesmo, à luz áspera do quarto, a mulher tinha um ar de desgraça. Estava atenta, embora de olhar caído. À espera.

Então, sem mais aquelas, Simas Anjo atirou-lhe com a porta à cara, com toda a força. O estrondo ressoou pelo compartimento, sacudiu as cautelas de penhor em cima do travesseiro, abalou as paredes como uma praga. O estrondo a desaparecer, e logo um cano de água a gotejar em qualquer parte. Foi tudo.

Ficaram os quatro em silêncio, repassados da recordação da porta que batera, sentindo as gotas a escorrerem, lentas e pesadas. Oliveira começou a pentear-se diante dum espelho de bolso e dentro em pouco assobiava em surdina. Interrompeu-se:

"E se a miúda não vem? Tens mesmo a certeza que ela não falta, Simas?"

Silêncio. Depois a voz do crioulo, triste e arrastada:

"Vem sempre. Ela nunca falta aos sítios que eu lhe marco."

O assobio recomeçou, agora num ritmo rápido, pés a marcarem a cadência, e Oliveira, gingando nos tacões altos, rodava em passos de *swing*, aos silvos e a rouquejar *come on, come on*. "É de maus!", gritava.

Jogos de Azar

Dançando sempre, foi-se aproximando de Simas Anjo. Deitou-lhe as mãos à cara, beijou-o:

"Sua louca."

Tinha-o bem nas unhas, sentia-o estrebuchar preso nas garras que lhe enterrava no queixo e no pescoço, e beijava-o ruidosamente. Depois soltou-o, deitou-o fora:

"Sua louca, que vai para a festa."

Em cima da cama, cosido contra a parede, o outro media-o com os olhos. Mas eram olhos de medo e Oliveira sabia-o. Por isso continuava:

"Sua louca. Anda-lhe o corpo a pedir festa, sua louca."

"Louca, mil vezes louca...", cantava Heliodoro, *"que na tua boca conheci o teu desdém..."*

Riram, divertidos com a cantiga e com o susto do companheiro. De repente, Oliveira estacou. Farejava as mãos, sem o perder de vista, farejava, estudando-o sempre e, por fim, sacudiu os dedos diante do nariz de Heliodoro.

"Água-de-colônia", declarou o outro.

Oliveira fez ares de entendido.

"E de quem, Lidoro? Adivinhas de quem é?", perguntou. "Sua louca, de quem é a água-de-colônia?"

Fingiu-se irritado, correu ao Mudo. Apresentou-lhe as mãos para que as cheirasse também e gritou para Simas Anjo, que seguia a cena de cima da cama:

"Ah, louca, que me atraiçoaste." E desabou numa gargalhada.

Riso geral. Heliodoro no entanto avisou-o branda-mente:

"Vá de maneiras, rapaz."

Mas Oliveira torcia-se todo. Ria alto, já sem vontade, mas ria.

"Mau...", ameaçou Heliodoro, contrariado.

E Oliveira, de repente muito sério:

"Mau o quê? Então esse preto vem todo untado com a água-de-colônia do cabrito e você é comigo que improvisa?"

"Pianinho..."

"Pronto, agora eu é que sou o culpado. Tem algum mal dizer que a água-de-colônia é do cabrito do gajo ou lá do amparo que ele tem? Ofendi, por acaso?"

Ia continuar quando se sentiu agarrado e deu com Heliodoro a encostar-lhe a cabeça à dele e a atirar-lhe joe-lhadas secas.

"Não espalhes jogo... Aguenta sereno, rapaz malandreco."

Oliveira sorriu-lhe na cara e, enquanto o outro o mar-telava com o joelho, torceu-se todo para se dirigir a Simas Anjo:

"Ofendi, pá?"

Recebeu outra joelhada, esta mais forte. E outra, mais forte ainda.

"A bater, seu mauzinho?", disse, de dentes arreganhados; e com um esticão desesperado livrou-se de Heliodoro.

Veio encostar-se à porta do quarto. Estava ressentido, por mais que aparentasse indiferença. Riscou um fósforo

Jogos de Azar

para acender um cigarro, mas susteve a chama no ar, deitando olhares de desprezo a Simas Anjo. Foi contra ele que descarregou:

"Duas jiboias. Tu e o teu velho não passam de duas jiboias."

"Velho?", perguntou logo Heliodoro; e troçava, tinha, uma vez mais, malícia na voz. "E se eu disser a você que não é velho nenhum?"

"Mas entra com a pasta, que é o que interessa. Um cabrito é sempre velho, tenha ele a idade que tiver."

"Bem, mas este é doutor. Um cabrito doutor é o melhor amparo para qualquer bonitão. Não é verdade, Simas Anjo?"

"Havia de ser comigo, catano", rosnou Oliveira. Ainda que manso nas palavras e fumando com gestos pousados, parecia carregado de ódio. Soprava o fumo para longe, fortemente. "Eu cegue se não tinha já arrebentado esse velho."

Heliodoro vergou-se para a frente, a coçar o sexo. Meio impaciente, meio alheado do que ouvia, decidiu cortar a conversa:

"Vamos ou não vamos ter com a miúda?"

"Vamos já", respondeu Simas Anjo, escorregando da cama e pondo-se a ajeitar a camisa e o vinco das calças com mil cuidados.

"Va-mos-já", repetiu Oliveira para o Mudo. "Onde é isso, Simas?"

"Chelas."

"Na estação?"

"No apeadeiro velho. A seguir ao muro da fábrica..."

"Che-las", tornou Oliveira para o Mudo. "Ape-a-dei-ro. Che-las... no-ape-adei-ro."

O outro fez que sim, que percebeu, e levantou-se. Vestia uma camisa coçada no colarinho, mas compunha-a com dois dedos longos e afilados, esticando constantemente o pescoço como se não coubesse nela.

Heliodoro apalpou o rosto, pensativo.

"No apeadeiro?"

"Sim. Depois da Quinta do Ferro-Velho não fica a Azinhaga? Bem, e depois à esquerda não há um balseiro e uma espécie de fonte ou lá o que é?"

Havia. Havia o balseiro e havia a fonte: uma bica seca abafada nas silvas, mesmo no fundo dum barranco de greda, falso e escorregadio porque o vento corria por ele aos golpes, alisando o terreno.

"Cuidado agora", avisou Simas Anjo quando lá chegaram. "Às vezes anda aí um cão."

Seguiam em fila através do crepúsculo. Passada a fonte, a meia encosta, entraram num desvio de caminho de ferro que conduzia a algures, não se sabe onde. Dois vagões apodreciam ao relento, encalhados entre ervas altas, dois vultos apenas que daí a minutos não seriam mais do que sombras destroçadas a dissolverem-se nas trevas. A noite não tardaria a devorá-los, reduzindo-os, quando muito, a um montão de ruídos de tábuas e de correntes.

Jogos de Azar

O bando avançou por entre os carris até ao cimo do cabeço. Aí parou. Lá no alto, batido pelo vento, Simas Anjo olhava o apeadeiro, a seus pés. Era quase um telheiro, uma paragem mais ou menos esquecida num desvio da linha férrea.

"Não subam, deixem-se ficar onde estão."

Via, do outro lado do barranco que se abria por baixo dele, o pequeno alpendre de cimento, uma ponta do banco de madeira e a lâmpada açoitada pelo vendaval, deslizando tristes manchas de luz pelo terraço empedrado.

"Então?", berrou Heliodoro.

E logo Oliveira, cheio de ódio:

"Isso, grita, que é para a miúda dar o fora."

"Não sei", disse Simas Anjo, como se estivesse a falar para o apeadeiro e para mais ninguém. "Não a vejo, não sei..."

"Gaita. Não me digas que a garota desconfiou. Vai lá ver, Simas."

"Não é preciso. Se ela lá estivesse, via-a daqui."

Tinham-se reunido no cume do cabeço a discutir. O vento levava-lhes as vozes, e por isso quase gritavam aos ouvidos uns dos outros. Heliodoro deitou as mãos ao crioulo:

"Preto do catano. Então você vem para aqui palhaçar com a gente ou quê? Que é da miúda, seu preto? Vamos lá, abra-se..."

Num golpe veloz Oliveira meteu-se entre os dois:

"Aguenta sereno, Lidoro. A miúda está lá e ele vai descobri-la, que é para não ficar malvisto. É ou não é verdade, Simas?"

Neste meio-tempo o Mudo andava pelas redondezas a sondar o escuro com o seu faro apurado. Ouviam-lhe os passos e de repente tinham-no de volta a esbracejar e a chamá-los numa precipitação de urros ansiosos. Oliveira alegrou-se:

"Está lá, está. O Mudo descobriu-a."

"Ah, olhinhos", disse Heliodoro, a rir. "Ah, grande Mudo." E variando imediatamente de tom: "Agora nada de jogadas espertas. Cada um chega lá abaixo como se não esperasse por nada e desse com a miúda no trabalhinho com um gajo qualquer. Como se a gente nunca se tivesse visto, entendido?"

"Está bem, abelha." Pela voz de Oliveira percebia-se que ria.

"Um quarto de hora a cada um, e é largar logo para dar entrada ao parceiro a seguir. Alguma dúvida, Simas?"

O outro continuava a sondar o apeadeiro.

"E se ela conta tudo à velhota?", perguntava, muito só.

Heliodoro deu-lhe um empurrão:

"Conversa, pá. Vamos, mas é a isto, que está na hora do baile. Olho vivo, pá. E despachar rápido."

Simas Anjo começou a descer o barranco, que se abria quase a pique sobre a linha do caminho de ferro. "Encon-

Jogos de Azar

tramo-nos na Azinhaga", ouviu ainda dizer, mergulhando no temporal, numa restolhada de ervas e de calhaus.

Cá de cima, o resto do bando esforçava-se por segui-lo, por lhe adivinhar o rasto ou o vulto, mas à volta deles, nas trevas, havia apenas o alpendre solitário, a luzinha que piscava sempre que o candeeiro, lampião ou o que era aquilo, se agitava ao sabor do vento.

Mudo da Arlete afastou-se uma vez mais. A princípio ninguém reparou na manobra, mas quando se lembraram era tarde: estava à boca da ravina a encará-los demoradamente. Se ainda lhes restasse alguma dúvida, o olhar do outro era mais que suficiente.

"Mudo velhaco", rosnou Heliodoro. Olhava-o, sem contudo se atrever a aproximar-se e, olhando-o com firmeza, muito tenso, poderia pensar-se que estudava o momento de lhe cair em cima.

"Deixa-o ir", aconselhou Oliveira.

Ele a dizer isto e o Mudo, de peito levantado, a atirar-lhes uma gargalhada. Foi como que uma resposta, um berro de animal, se tanto; e também um riso de desafio e de despedida, porque se inteiriçou rapidamente, fez meia-volta, solto no ar, e mergulhou na descida tragado pela noite.

"Mudo golpista... Eu canto-te, mudo golpista."

"Foi melhor assim, Lidoro. Ao menos agora vai com a genica e aproveita. Doutra maneira nem queiras saber o enrascanço que era."

Heliodoro sentou-se no chão:

"Não me interessa."

"Interessa, pois. Se o gajo não apanha mesmo o momento da genica, nunca mais se despacha. Desata a moer, a marar, e não há mulher que o aguente. Ainda bem que ele fez isto, Lidoro. Palavra, ainda bem."

Oliveira calou-se, veio sentar-se ao lado do companheiro. Em seguida pôs-se a compor a gravata e lançou os braços para a frente, puxando os punhos da camisa.

"Está bem, abelha", berrou então; não muito alto, mas berrou.

Assim como os cães uivam aos céus por desfastio, assim ele fez, de pescoço esticado, lançando o seu grito de guerra, a sua divisa ou talvez o simples brado da sentinela que procura acordar-se a si mesma. *Está bem, abelha,* não seria mais do que isso: um mote, um desabafo para matar o tempo. Deste modo, uma vez dita a frase, Oliveira achou-se novamente desamparado no escuro. Tentou assobiar: impossível. A ventania secava-lhe os lábios, arrastava os sons para longe. Vinha lá de baixo, dos infernos, rastejando em torvelinho à roda do apeadeiro, crescia, até se levantar diante deles quase a prumo.

Oliveira pôs-se de pé:

"Bom, vamos lá ao sacrifício."

"Alto", gritou-lhe Heliodoro; e já estava colado a ele, de braço no ar, a barrar-lhe a passagem. "Agora sou eu."

Jogos de Azar

O outro mediu-o dos pés à cabeça. E ficou-se:

"Pronto, vai tu."

"Vou eu, pois. Agora é a minha vez."

O braço ameaçador mantinha-se erguido; suspenso e duro como se fosse uma tranca, uma espada de combate.

"Estava a reinar, Lidoro. Já não se pode reinar?", desculpou-se Oliveira.

Baixou-se para tornar a sentar-se na terra, mas a meio do movimento endireitou-se de surpresa, atirou um encontrão a Heliodoro e correu para o barranco. Na descida tropeçou, prendeu-se a ervas, a raízes; suspirou fundo quando sentiu terra firme.

"Sua louca, que já vai ver como é", dizia em voz alta, só para ele, caminhando a passos largos.

À medida que avançava, chegavam-lhe os uivos do Mudo da Arlete, mais claros, mais sôfregos. "Sua louca", repetia, apressando mais o passo.

Voou sobre ele uma rajada de luz. O lampião balouçava ao vento, apanhando-o naquele instante com a cara suja de lama a içar-se na plataforma do apeadeiro. A um canto, no banco de tábua, o Mudo gemia encavalitado sobre um monte de trapos. Lançou-se a ele, caiu-lhe em cima, aos murros nas costas e às caneladas, até o sentir afrouxar. Por fim, viu-o endireitar-se, estremunhado, com as calças ao fundo das pernas. Não lhe disse palavra. Jogou o corpo para a frente e abateu-se sobre o vulto deitado no banco.

Só mais tarde, então com a chegada de Heliodoro, sentiu o frio áspero que o arrepiava. Levantou-se, mas uma das mãos tinha-lhe ficado presa. Puxou-a raivosamente e trouxe agarrada qualquer coisa: um sapato, um sapato de botão dourado.

No banco houve um pequeno gemido, um som breve que se foi repetindo por igual. Oliveira deteve-se um instante diante do outro e, cheio de desprezo, atirou-lhe o sapato para cima:

"Aguenta, que é para a outra vez não seres tão apressado." E descomposto e tudo desertou.

Durante alguns metros foi acompanhando a linha do comboio, mas pelo caminho veio-lhe uma ideia: a guarda.

"Não", considerou em voz alta. "Numa noite destas a guarda não anda sem lanternas. Pelo sim e pelo não, é melhor parar."

Voltou então para trás, correu como um doido à procura de uma saída que o levasse para longe da linha férrea. Ao acaso, meteu por um carreiro, galgou uma cancela e finalmente, caramba, descobriu a bica velha e o balseiro da fonte.

"Chiça."

O melhor era esperar naquele refúgio e só se juntar ao grupo quando todos estivessem despachados. "Pelo sim e pelo não", repetiu; e sentou-se num penedo, atrás do balseiro.

Deu tempo ao tempo. Depois dali em diante não teve que errar. De ambos os lados do caminho corriam paredões

Jogos de Azar

esboroados que só terminavam à entrada da Azinhaga. Simas Anjo não tardou a aparecer-lhe ao encontro, de cigarro pendurado nos beiços:

"Perdeste-te, pá?"

"Sacana de sítio, caramba."

Os restantes esperavam por ele numa curva da estrada:

"Então?"

"Sei lá, estava a ver que nunca mais dava com esta gaita."

De olhos alegres, Mudo de Arlete mostrou-lhe o pescoço agatanhado.

"Uh, uh...", uivava ele, apontando as marcas. Oliveira acenou com a cabeça.

"Também tenho. O-lha-Mu-do. Tam-bém-me-arra-nhou."

"Arranhou porque você é otário. Veja lá se ela me fez o mesmo a mim?", disse Heliodoro.

Puseram-se os quatro a caminho. Iam a passo lento, protegidos da ventania pelos paredões que ladeavam a Azinhaga, e trocavam cigarros, conversavam. Simas Anjo estacou de golpe:

"E se ela contar tudo à velhota?" Falou e parecia pedir resposta a ele mesmo. "Se os juízes percebem que foi jogo?"

Parado, sempre mais distante dos companheiros, ouvia-os, e era como se tivesse sido esquecido por eles, pelo mundo em geral.

Agora somente os distinguia pelas vozes, Heliodoro cheio de desprezo ("Seu otário. Você é que não soube trabalhar a mulher"), Oliveira saltitando diante do Mudo a exibir o peito riscado de unhadas: ("Tudo raça, a raça da gaja é que fez isto cá ao rapaz") e por essas vozes percebeu que também eles tinham interrompido a marcha, que o esperavam certamente. Entretanto ouviu passos.

"Simas", chamava alguém no escuro — o Heliodoro.

Não se mexeu. O outro acercou-se dele e, passando-lhe o braço pelo ombro, levou-o brandamente, azinhaga fora.

"Simas, ou este teu amigo está muito enganado, ou tens ali garota de futuro. Falo a sério, pá."

"Um cigarro", pediu Simas Anjo. Os queixos tremiam-lhe.

Heliodoro estendeu-lhe o maço. E sem parar de andar:

"Se fosse a ti, juntava os trapos com a miúda e mandava lixar o tribunal. No caso de ela fazer queixa, bem-entendido."

O crioulo não respondeu. Retardava o passo, erguendo a cabeça a cada sorvedela do cigarro, e nessa altura via-se a ponta a brilhar, muito viva.

"Falo a sério, que é que julgas? Aguentavas a miúda os cinco anos da lei e depois davas-lhe com o pé da cômoda. Cinco anos é o prazo de casado para um gajo não ir dentro. Sabias?"

"Está bem, abelhaaa...", bradava lá adiante Oliveira, em plena noite.

Jogos de Azar

Dum lado e doutro dos muros da azinhaga, o vento; por cima a escuridão fechada, um mundo estreito.

"Oxalá não chova. Não sei por quê, mas não gostava nada que chovesse esta noite", murmurou Simas Anjo, espalmando os dedos na camisa encharcada em suor.

Estrada 43

I.

Desde a Azinheira que as casas começam a rarear.
A pouco e pouco, desapareceram as locandas, os quintais, a
garotada andrajosa, e a estrada espalmava-se através dos
campos como uma cobra adormecida ao sol oco do verão.

É quando os primeiros calores começam a endurecer os
terrenos alagadiços do sul. O lodo assenta no fundo, as estacas podres da palanca espreitam das represas mortas. Nos
pântanos, as rãs da última postura veem, pasmadas, a água
a secar lentamente e acabam por rebentar ao sol com a pele
quebradiça e negra.

Com os calores danados do verão a charneca agoniza
assim. A terra fende, crestada, das brechas estoiram, aqui e
ali, hastes de junco com bandeiras de lodo penduradas. Os
charcos soltam o derradeiro suspiro e imediatamente
nuvens de mosquitos salpicam o céu e erram pela planície.

A estrada 43 alonga-se por este terreno desolado. Nua e
igual, só de longe em longe uma casa velha e minada de

ratos quebra a monotonia da paisagem. E também só de longe em longe pastores e viajantes encontram uma árvore tresmalhada onde possam descansar.

Com o calor principiam as reparações indispensáveis. Num dado lugar põe-se uma placa: ATENÇÃO TRABALHOS VELOCIDADE 10 KM — e logo adiante um batalhão de trabalhadores formiga entre pás e picaretas, carregando brita, semeando areia, cobrindo, em suma, as feridas do asfalto. Há homens debruçados nas caldeiras onde o alcatrão fervilha, outros acompanhando o cilindro, e todos eles se debatem numa agonia de poeira e de cheiro sufocante.

Sucede que, de tempos a tempos, passa um caminhão. Vem a fumegar, mais comboio do que propriamente caminhão, rasgando as tênues ondas de calor que tremulam ao rés da estrada. Alguns param, pedem água para o refrigerador, bebem também e vão ao destino.

ATENÇÃO TRABALHOS VELOCIDADE 10 KM. A placa circular avança sem uma pausa.

Em vão os homens dardejam olhares desvairados à procura de uma paragem de alento. Em vão. Atropelando-se naquele inferno, correm atrás do alcatrão fundido, não vá ele endurecer, atolados nessa massa que se derrama como um rio de lava em fogo.

Jogos de Azar

II.

O fogueiro, um tipo cego duma vista, acabou de cortar a escopro a tampa da barrica. Emborcou-a sobre a caldeira, batendo-lhe à roda, e o alcatrão, em pedaços duros e luzidios, caiu lá dentro misturando-se na calda que fervia.

Nesse mesmo momento chegava Manuel Pinto com as latas vazias. Pousou-as e tirou um tição da fornalha para acender a ponta de cigarro que guardara atrás da orelha.

"Sempre é hoje que chega o pessoal novo?", perguntou o fogueiro, limpando as mãos a um pedaço de desperdício.

Manuel Pinto puxou a primeira fumaça, em seguida meteu outra vez a acha na fornalha:

"Isso gostava eu de saber", disse em voz distraída, observando as chamas. "Corre aí que já foi dada ordem em contrário."

"Ordem para não vir o reforço?"

"Parece que sim. Mas pela minha parte já nada me espanta. Há três anos que presto serventia e nunca tive empreitada mais ruim do que esta."

O fogueiro sentiu uma ferroada no braço e acertou-lhe, rápido, com a mão.

"Poça, camarada. Olhe para aqui."

Os dois, servente e fogueiro, puseram-se a estudar com atenção a mancha vermelha que o mosquito tinha deixado na pele. Crescera depressa e começava a endurecer.

"É preciso cautela", aconselhou Manuel Pinto. "As terras daqui são muito dadas a febres."

"É natural, são terras de charcos. De dia ainda vá lá, mas à noite é que os malditos atacam com força. Farto-me de os procurar e nem um para amostra. Palavra que tomara ver isto tudo pelas costas."

"E eu que, quando vim para cá, deixei a mulher, a bem dizer, nas mãos da aparadeira? Sabe o que é isso? Pois bem. Até agora nada."

"Nada?", perguntou o fogueiro. "Como nada?"

"Nada", disse o servente. "Não sei se está viva, se está morta. A última carta que recebi já tem mais de oito dias."

Abriu a torneira do alcatrão. Fê-lo com cuidado, em duas voltas cortadas, para que o líquido não espirrasse para os lados.

"É ou não é de dar com um homem em doido?"

Olhava o outro como se esperasse dele uma resposta, uma satisfação.

"Até pensei, sei lá, que ela se tivesse apagado e não mo quisessem dizer. Ou que a criança tivesse nascido com defeito", continuou, sondando sempre o rosto afilado e o olho vazio do fogueiro. Esse olho, cavidade morta, é certo que não estremecia. Contudo, dominava a cara e a figura do indivíduo. Dava-lhe até uma indiferença, um certo ar velhaco e, vamos lá, trocista.

O fogueiro ia ouvindo e apertava o braço no sítio em que fora picado pelo mosquito. A dada altura entendeu que devia contar também o seu caso, o seu exemplo:

Jogos de Azar

"Por causa dum jeito, amigo, correm-se muitas vezes riscos terríveis", principiou ele. "Riscos que nem a gente é capaz de avaliar. E foi isso que se passou com a minha nora quando teve o primeiro filho. Certa ocasião, a rapariga vinha da fonte, escapou-lhe um pé ou qualquer coisa assim, e zás: para não cair, deu tal volta que a criança subiu por ela acima até quase ao coração."

Se bem que falasse da nora e tivesse diante dele o servente a beber-lhe as palavras, não deixava de se mostrar preocupado com o braço. Esfregava-o continuamente.

"Pois, amigo, ninguém é capaz de calcular a trabalheira que o doutor teve para pôr tudo na ordem. Sem contar com as dores que a rapariga sofreu, está claro. Uma manobra de alto lá com ela. Olhe, está a ver o pus a aparecer?"

Manuel Pinto viu apenas sangue, mas não se pronunciou. Acabava de encher a segunda lata de alcatrão e preparava-se para partir.

"Nisso é que os algarvios têm razão", notou ainda o fogueiro. *"À mulher prenha só vem doença e manha*, é o dito que eles usam. E não deixam de ter a sua razão." E concluiu, apesar de o outro já ali não estar: "Isto, tratando-se de mulheres algarvias, que por tudo e por nada se enfiam logo na cama..."

À margem da estrada perfilavam-se montes de brita, barricas e bidões em correnteza. Manuel Pinto passara por eles nessa tarde vezes sem conta e certamente sem jamais lhes ter deitado um olhar, vergado, como andava, entre as suas duas vasilhas.

Bastava-lhe o calor do piso para saber a distância a que se encontrava da bomba e dos homens que a seguiam. Era um calor ácido, a princípio um bafo morno que se libertava do chão e, pouco a pouco, mais denso, mais vivo, até arder nas pernas, envolvendo-as, à medida que ele se adiantava pela zona ainda mole e pegajosa do asfalto. Nesse terreno levantava-se, por baixo das botas, o ligeiro vapor do alcatrão a resfriar sob as mangueiras de água, e começavam a ouvir-se os sopros compassados da bomba, abrindo o caminho, varrendo tudo com o seu jato fino de alcatrão derretido.

Manuel Pinto cruzou-se com o capataz e com o cachorro que sempre o acompanhava. Ambos, homem e animal, cumpriam a sua missão, isto é, ambos rondavam e mediam a vontade e os disfarces dos que trabalhavam. Agora espicaçavam os serventes da pedra; daqui a nada estariam enfiados em qualquer barracão ou vigiariam o pessoal que marchava atrás da bomba.

Mas esses homens que marchavam iam cegos, presos ao brilho do alcatrão. Com largas pazadas de brita cobriam o piso fumegante, acabado de regar, e tal como iam, calados e em linha a toda a largura da estrada, lembravam semeadores — semeadores de pedra miúda. Todos usavam lenço ao pescoço e polainas de sarapilheira por causa das queimaduras. E todos avançavam sem uma pausa, a não ser para chamarem o rapaz da água ou quando ouviam anunciar:

"Café. Lá vai café."

Jogos de Azar

Nessa altura a bomba parava. Um operário abria o tampão da caldeirinha e o servente despejava as latas de alcatrão a ferver.

"Vai café", gritava Manuel Pinto ou outro dos carregadores.

Espesso e pesado, o alcatrão rolava numa nuvem de fumo. A máquina engolia-o, guardava-o por instantes e, recomeçando a mover-se imediatamente, devolvia-o à estrada num orvalho carregado e luzidio.

III.

Pelo fim da tarde chegou o caminhão com o pessoal novo.

Mal o reconheceram à distância, os homens suspiraram de alívio e o capataz correu à barraca de arrecadação para juntar ferramentas.

Parados, enxugando o suor, os trabalhadores voltavam-se para o *Matford* de seis rodas que se aproximava, tomando figura, crescendo cada vez mais, até se poderem distinguir os homens que vinham nele, sentados nos taipais em cima da pedra britada. O *Fadista* pressentia tudo, andava nervoso, farejando e a rosnar por desfastio. Era um cão de capataz e, nessa qualidade, preocupava-se com os trabalhadores; acompanhava, à sua maneira, a chegada do caminhão.

O ajudante do motorista foi o primeiro a sair. Os homens apearam-se e puseram-se a esfregar as pernas, olhando à roda. *Fadista* cheirou-os, desconfiado.

Um por um, os trabalhadores foram-se chegando ao caminhão. A mangueira da ventoinha ficou caída na estrada, o alcatrão coalhou nos crivos da bomba.

"Viva lá. Estava a ver que ainda não era desta que vocês chegavam." Era o capataz a falar para dentro da cabina.

E o motorista:

"Estou aqui, fique você sabendo, com cento e dez quilômetros desde manhã."

Apareciam mais trabalhadores. Moviam-se a passo descansado, fazendo cigarros.

"Quantos são eles?", tornou o capataz, indicando com um gesto o grupo que viera no caminhão.

O motorista estendeu-lhe um envelope que tirou da carteira:

"Tem aí a nota."

Depois sentou-se de lado, apoiando um cotovelo no volante, e pôs-se a coçar a cabeça. No pulso bailava-lhe uma pulseira grossa, dourada.

"Não vejo referência ao Ramal", observou o capataz quando acabou de ler a carta. "Não ouviu falar em nada, por acaso?"

"Ramal?" O motorista continuava a coçar a cabeça. "Não, ninguém me falou em Ramal nenhum. Quantos homens vieram então?"

Jogos de Azar

"Aqui diz dezoito."

O motorista fez uma careta:

"Podem limpar as mãos à parede pelo reforço. Por este andar nem para a semana vocês acabam isto."

"Enfim, dezoito homens sempre são dezoito homens. É melhor que nada. O pior é se ainda nos mandam para o Ramal de São Caetano."

Pendurado na porta da cabina, como se viajasse de pé, no estribo, o capataz conferiu-os rapidamente. Três deles deviam ser conhecedores do ofício porque vinham apetrechados com chancas de pau e largos chapéus de palha. Menos à vontade, os outros tinham o ar receoso e humilde próprio dos maloios. Eram, na sua maioria, ratinhos que não tinham conseguido lugar nas ceifas, de corpo atarracado e feições queimadas pelo sol serrano das Beiras. Muito pegados uns aos outros, recebiam as sacas das provisões que o ajudante do motorista lhes atirava de cima do caminhão. *Fadista,* esse não parava de os cheirar, de os estudar.

No meio da confusão da chegada, Alves, o fiel das ferramentas, reconheceu um dos homens das chancas de pau:

"Eh, Pé-Leve. Eh, magano."

Abraçaram-se com palmadas de amigos antigos.

"Os bons sempre se encontram", dizia Alves.

"Está visto", confirmava o outro. "Os bons sempre se encontram..." Falava para o fiel, sorria para ele e para os dois companheiros de chancas de pau, que presenciavam o encontro. "Ainda bem que te vejo, Zé Alves. Depois destas horas de viagem eu e aqui os camaradas já deitávamos maloios pelos olhos."

Riam agora os quatro, e estavam nisto quando a voz do capataz desabou num estrondo por cima de toda a gente:

"Que pouca-vergonha vem a ser esta?"

Cautelosamente, os trabalhadores voltaram às ferramentas. Mas o capataz já não os largava. Correra para cima dum bidão e, de lá, protestava e despedia urros de estremecer céus e terra:

"Madraços. Larga-se assim o trabalho sem dar satisfação? Eu ensino-vos, já vão ver quem é que dá ordens aqui."

Era destas pessoas que gritam e que acreditam nos próprios gritos, aumentando com eles, a ponto de se esquecerem das razões. Em pouco tempo estava de tal modo nervoso que o bidão lhe bailava desordenadamente debaixo dos pés.

Manuel Pinto pegou nas vasilhas. Dali em diante o trabalho ia ser menos pesado porque repartia com um maloio o caminho entre a caldeira e a bomba. Sorriu-lhe quando lhe passou as latas pela primeira vez:

"Vocês já deviam ter vindo há mais de uma semana. Vamos a isto."

Em breve o rumor das máquinas e das ferramentas abafava os berros do capataz. Mas ele esbracejava ainda, deslocava-se aqui e ali, rosnando, e o cão seguia-o de orelha fita e de dentes arreganhados. O dono acabou por irritar-se com ele também. Atirou-lhe tamanho pontapé à barriga que o *Fadista* desapareceu num rasto de ganidos.

Jogos de Azar

"Tão bom é o cão como o dono", comentou Manuel Pinto consigo mesmo, mas ainda assim em voz alta. Depois, quando passou por Alves, o fiel, aproveitou para perguntar:

"Sempre é certo que vamos para o Ramal?"

Alves afiava um pau à navalha; preparava um batoque, possivelmente. Assim como estava, assim se deixou ficar. Respondeu apenas:

"Depois desta empreitada."

"Mas", tornou Manuel Pinto, "eu preciso de ir a casa. Outro qualquer no meu lugar não estava aqui nem mais um minuto."

O fiel levantou os olhos para ele. Não disse palavra; levantou os olhos, nada mais.

Aquilo caiu em cima do servente como uma sentença sem apelo. Ficou desamparado, à espera do ajudante, vendo-o aproximar-se, muito lento, muito cuidadoso, carregando as vasilhas a transbordar. Afastava demais os braços com receio de bater com as latas nas pernas e isso, como é natural, obrigava-o a um esforço dobrado.

"Larga", ordenou-lhe quando se cruzaram os dois.

Pegou na carga do alcatrão e partiu. O fiel das ferramentas continuou a afiar o batoque.

Continuou a afiá-lo e, quando Manuel Pinto regressou, estava ainda entretido com a tarefa, ocupado em fazer uma obra certa e perfeita.

"Ouça", interrompeu Manuel Pinto. "Isso do Ramal é seguro?"

"Garantiu-mo o capataz", declarou o outro.

"E se eu me recusar?"

Alves largou a navalha e espalmou brutalmente um mosquito que lhe pousara no pescoço:

"Se você se recusar?"

"É um caso de força maior, tenho a mulher a parir. Não sei se está viva, se está morta."

O fiel recomeçou a talhar a madeira. Pensava no assunto.

"O Marcelo não recebeu notícias?", disse daí por algum tempo.

Perto deles uma ferramenta tombou estrondosamente, um homem desatou a fugir, estrada abaixo, direito à caldeira grande. Ouviram-se gritos, ancinhos atirados, uns a seguir aos outros; de todos os lados surgiu gente a correr.

Sem saber como, Manuel Pinto foi arrastado na debandada. Aos encontrões, achou-se diante da caldeira grande, estendeu o pescoço a espreitar: na clareira que se fizera ao pé das fornalhas, o fogueiro e um servente amparavam um corpo enrodilhado. Estrebuchava, esse corpo. Todo dobrado, a cabeça entre os joelhos, torcia-se e arrastava com ele os homens que o agarravam, principalmente o fogueiro.

"Quem é?", perguntavam os trabalhadores à volta. E o fogueiro corria-os com o olho vazio e balouçava, puxado pelos sacões do corpo que tinha nas mãos. Parecia um bêbedo sem vontade percorrido de soluços. Ou um espantalho

Jogos de Azar

a sacudir-se. Sem chapéu, a penugem da cabeça e o pescoço longo, vermelho, tudo isso lhe dava semelhanças de um espantalho em ruínas que se verga e se endireita envolvido num remoinho.

Apareceu o capataz:

"Quem é o homem?" Vinha a assoprar, acompanhado do motorista do caminhão.

Responderam-lhe que o homem era um dos novos, um dos que tinham chegado nessa tarde, e ele agachou-se para tentar descobrir-lhe as feições. Mas teve de desistir.

"Esta só pelo diabo", suspirou. Pôs-se novamente de pé, deu voltas. "Como raio é que ele arranjou isto?"

O fogueiro recebeu a pergunta, piscando o único olho de maneira rápida e contínua. Não sabia, não percebia.

"Quando demos por ele já estava neste estado", declarou. "O mais natural é ter-se enganado a abrir a torneira e o alcatrão saltou-lhe para a cara. Resta saber se lhe apanhou os olhos."

"Apanhou?", perguntou, muito rápido, o capataz, sacudindo o homem que se debatia. Era como se o quisesse despertar, como se lhe quisesse vencer uma teima. "Apanhou-te os olhos, diz?"

Como resposta, o outro ergueu a cabeça, mas as mãos vieram também, cobrindo-lhe o rosto. Fez-se silêncio em redor. Operários e capataz ficaram suspensos diante daquela cabeça miúda, quase de criança.

"Tem as mãos pegadas à cara", anunciou alguém.

Por instantes ficaram todos sem um movimento, tolhidos por essa voz receosa e sumida que os gelara por dentro e pela presença de um rosto apertado entre dez dedos quase serenos. Então, no meio daquele assombro, o motorista desatou a dar ordens:

"Levem-no para ali. Petróleo, tragam depressa petróleo."

Ao mesmo tempo, ele próprio pegava no ferido pelas costas e, com a ajuda do fogueiro e do servente, arrastava-o para a boca da fornalha.

"Não faça isso", acudiu o capataz. "O homem precisa é de ar."

Afastou-o do caminho. Ele, motorista, sabia muitíssimo bem o que estava a fazer. Neste momento tudo o que o infeliz necessitava era de calor, não de ar — Calor para que o alcatrão amolecesse. E petróleo.

"Esse petróleo, catano?"

Trouxeram-lho num garrafão enorme. Fio a fio, o condutor do caminhão pôs-se a regar as mãos e as partes descobertas das faces do maloio. A cada esforço o homem batia com as botas no chão, louco de raiva. Libertou um dedo: gemeu alto; libertou outro, outro e mais outro. Por fim, num puxão desesperado, lançou-se para a frente e pôs-se a dar voltas às cegas na presença dos companheiros que o cercavam. Revolvia-se, andava à roda em passos de doido. Atirava os braços como se quisesse arremessá-los para longe do corpo, ver-se livre deles, e erguia para as nuvens

Jogos de Azar

um rosto em farrapos negros e com duas bolas grossas no lugar dos olhos.

O motorista correu a ampará-lo:

"Espera um momento", disse-lhe. Pediu com um gesto que lhe passassem mais uma vez o garrafão.

Mesmo de pé, começou a lavar-lhe a cara com desperdício embebido em petróleo. A pouco e pouco, a máscara foi-se desfazendo, as pálpebras surgiram, rosadas e luzidias, mas estavam unidas por uma linha espessa de alcatrão que lhe colava as pestanas.

Fadista uivou algures.

"Calem-me esse cão", ameaçou uma voz.

Ninguém lhe respondeu. Mudos, atordoados, os trabalhadores rilhavam os dentes, assistindo à luta dum companheiro que espezinhava a terra como se espezinhasse a dor ou a ele próprio e que se inteiriçava, girando os olhos por detrás das pálpebras cerradas. Tentava rasgá-las, procurava enfrentar a luz da vida; dobrava-se todo quase a beijar o chão e o petróleo escorria por ele abaixo. Até que soltou um berro final e venceu o véu negro que o separava do mundo.

"Não abras ainda os olhos", disse o motorista, untando-lhe agora as faces e as mãos com azeite. "Pronto", acrescentou daí a nada. "O principal já está. O resto é com o doutor."

O ferido cuspiu, abanou as mãos. Ondas de lágrimas corriam por ele abaixo. Deu um passo indeciso, como tonto, parou, e, numa arrancada repentina, fugiu para a berma da estrada. *Fadista* tornou a uivar, mais forte agora.

"Cão dum filho da mãe", urrou a voz de há pouco, e atrás dela surgiu um trabalhador brandindo uma cavaca.

Todos os presentes abriram caminho para o deixar passar. Estavam ainda junto da fornalha, mas alguns começavam já a deslocar-se para o ponto onde se encontrava o ferido. Também o *Matford* se dirigia para ele, fazendo marcha-atrás.

"Sentes-te melhor?", perguntou-lhe o motorista.

Limpava as mãos a um trapo com a tranquilidade de uma pessoa que dá por acabada uma tarefa. Ao lado dele estava o capataz e, sentado no chão, o maloio que sofria.

"Ainda dói muito?", perguntavam-lhe os dois homens.

Perguntavam por perguntar — isso percebia-se pelo tom em que se lhe dirigiam e que não era nem curioso nem inquieto, apenas consolador, talvez. Em seguida foram conferenciar para longe dali e, quando acabaram, o motorista ocupou o seu posto ao volante, o capataz levantou o ferido e trouxe-o para o caminhão.

"Vamos, o pior já passou."

Seguido de todo o pessoal, entrou na cabina. Alguns sorriam-lhe, outro falavam-lhe. Penduravam-se nos estribos, espreitavam-no pelas janelas e por cima dos guarda-lamas. No fundo, todos queriam consolá-lo com sorrisos ou com palavras.

"Estás fino, estás capaz doutra", diziam.

Sim, diziam; mas os olhares demoravam-se naquelas faces empoladas, nas sobrancelhas ruivas, ardidas, e a voz secava dentro deles.

Jogos de Azar

Com modos lentos, ordenados, o motorista correu o fecho do blusão, certificou-se de que o ajudante estava no seu posto, sentado num dos taipais, e só então ligou o motor. Sacudido pela trepidação, o ferido deixou tombar a cabeça para trás, mas, de passagem, ao descobrir-se no espelho, atirou-se brutalmente para a frente. Viu um pouco acima a mascote e as flores de papel, fixou, apavorado, o rosto desconhecido que o fitava, brilhando como cobre em fogo, e não resistiu:

"Ai que me desgraçaram."

Repetiu o brado. Chorava cada vez mais alto, cada vez mais perto do espelho.

"Ai que me desgraçaram, ai que me desgraçaaaa..."

As lágrimas ardiam-lhe no rosto, misturadas com a aguadilha das queimaduras. Gritava mecanicamente, por necessidade, contra a sua cara desconhecida que gritava também no espelho contra ele, e sentia-se perseguido pela ideia teimosa das flores de papel.

"Ai que me desgraçaaaa..."

O *Matford* arrancou, afugentando os trabalhadores. Mais adiante o *Fadista* saltou ao caminho e acompanhou-o a ladrar furiosamente.

Enquanto o não viram desaparecer numa nuvem de pó, os homens da estrada 43 permaneceram voltados para longe, arrastados pelo eco de desespero do companheiro ferido. E quando entregaram a Manuel Pinto uma carta que o motorista lhe tinha deixado, ficou com ela pendurada nos dedos, abriu-a vagarosamente e foi-se a lê-la com gestos vagos.

Só tempo depois reconheceu a letra indecisa da mulher.

Week-end

Entretanto continuavam a olhar um para o outro, sorrindo vagamente, sem palavras. Beijavam-se, e de novo tombavam para o lado e ficavam assim, as bocas entreabertas, os olhos a luzir.

Estava calor e muita luz no pequeno quarto do hotel barato. O sol forte rompia pelas largas frestas do estore, espalhava-se nas paredes e na cama revolvida. O moço suava, era um corpo envolto em serenidade; o suor deslizava-lhe no queixo e nas axilas, misturado com a saliva dos beijos.

Sem a olhar, tateou-lhe a cara e os braços com uma ternura súbita:

"É indecente, molhei-te com o suor..."

"Oh", segredou-lhe a rapariga; tocou o peito dele com as pontas dos dedos e depois levou-as aos lábios. "É bom o teu suor."

O companheiro sorriu para o teto:

"Ganharás o amor com o suor do teu rosto..."

Mas de repente tornou-se sério. "Perderás o amor com o suor do teu rosto", recitou então, e parecia que estava a ler lá no alto uma sentença muito antiga e tristemente verdadeira. "Na bíblia do Adão e Eva..."

"Querido...", implorou ela, e o moço calou-se.

Estendidos lado a lado, ambos fixavam o teto, imóveis e silenciosos como duas ilhas suspensas na luz.

"Perderás o amor com o suor do teu rosto", insistiu o moço passado tempo. "Aí está o que não faz sentido na bíblia do Adão e Eva."

"Nada disto faz sentido. O pior é estarmos cercados por coisas sem sentido e termos de aceitar o cerco."

"Termos?", perguntou ele.

Os olhos da jovem toldaram-se de lágrimas.

"Perdoa, amor", disse baixinho.

E o companheiro, sempre voltado para o teto:

"O cerco é teu, tu é que o aceitas."

A jovem sentou-se na cama, em silêncio. Bruscamente, no gesto de quem desperta da mágoa, da solidão, da derrota enfim, atirou os cabelos para trás. Fez por sorrir e conseguiu-o; em todo o caso, um sorriso triste, ao sabor das lágrimas que lhe pairavam nas faces.

"Jesus, como estás suado."

Com a ponta do lençol começou a limpar-lhe o corpo carinhosamente. Percorria-o com lentidão, em movimentos minuciosos, cuidados. Quando acabou estava meio ajoelhada,

Jogos de Azar

a apontar as marcas que o bâton tinha deixado no peito dele e no travesseiro.

"E agora?", brincou.

"Agora, nada. Vou a cheirar a bâton e tu a tabaco."

Riram os dois, perdidos na claridade da tarde.

"Gosto do cheiro do tabaco", disse a moça.

"E eu do cheiro do bâton. Especialmente do teu bâton."

Sorriram novamente um para o outro, mas ela fitava-o como se o não ouvisse já.

"Ele nunca fuma", murmurava. "Mas eu gosto, adoro o cheiro do tabaco."

"Mesmo o de qualquer tabaco? Está bem, não interessa falar nisso agora."

"Às vezes", continuou a jovem, num tom suave, esquecido, "chego a ter pena dele, como no princípio. Talvez no princípio eu não lhe tivesse ódio, e fosse só pena ou desgosto. Ou só remorso, não sei. Não sei, já não percebo nada. O que sei é que agora é tarde demais, meu Deus. Agora, mesmo que não queira, não posso recuar."

"Recuar?", repetiu o rapaz. Parecia dirigir-se a uma voz que se afastara para muito longe.

"Habituamo-nos, é o nosso mal. Uma pessoa chega a habituar-se a viver à custa de ódio. Não acreditas? À custa de ódio e da pena. Oh, querido, tu não podes compreender."

"Por isso mesmo... Mais uma razão para mudarmos de assunto."

A moça sacudiu a cabeça:

"Que raiva, estou cada vez mais chata."

E o companheiro, com uma gargalhada:

"Vá, acende-me um cigarro."

"Estou insuportável, sei muito bem que estou. No fundo, é o egoísmo em que ele me pôs que me faz falar assim. Desculpa, amor. Desculpas?"

"Não sei. Enquanto não me deres um cigarro não digo seja o que for. E um beijo."

"Oh, não brinques. Se soubesses o que custa..."

"Outro beijo. Este não valeu."

"Cão", gritou a rapariga, estendendo os braços para ele e agora com alegria. Com alegria?

O sol e o cheiro morno do quarto traziam uma sonolência radiosa a tudo o que os rodeava; a sonolência de um coral em águas transparentes, a lassidão luminosa das searas ao meio-dia. O próprio estrondo que ressoou lá fora pouco depois — possivelmente, o choque de um caminhão ou a queda de uma folha de zinco despegada dum telhado —, até esse som chegou ali abafado em calor, sem espanto nem violência.

"Que foi?", perguntou o rapaz a meia-voz.

Como resposta, a jovem prendeu-lhe a cabeça, procurou-lhe o olhar. E vendo para dentro dele, penetrando-o com o pensamento, tinha um ar grave e encantado.

"Cão-dono", comentava como se estivesse a ler-lhe na alma, apreciando aquilo que descobria para lá do olhar dele. "Cão-chefe." Beijou-o na testa: "Cão-deus."

Jogos de Azar

"Já agora, cão-fumador", troçou o rapaz, apalpando a mesa de cabeceira à procura dos cigarros.

A moça não lhe deu tempo. Atravessou-se na cama por cima dele e, com um impulso rápido, alcançou o maço e o isqueiro.

"Tens o cabelo a cheirar a tabaco", observou o companheiro. "Assim que chegares a casa lava a cabeça."

"Prefiro passar pelo cabeleireiro", disse ela. Sugava o cigarro com força para que não se apagasse. "É o cerco, vês? Até o cheiro faz parte do cerco. Que chatice", rematou, desistindo de espevitar o cigarro, que se tinha apagado.

O rapaz tirou-lho da mão:

"Eu acendo, deixa."

"O que mais me custa é isso. É saber que esta é a última vez e tenho de voltar ao cerco."

"Tens bom remédio. Estás muito a tempo de te escapares", tornou o rapaz. "Se quiseres", acrescentou.

Um braço pendia-lhe fora da cama, com o cigarro quase a tocar no chão.

"Impossível", ouvia-a desabafar. E imediatamente sentiu o rosto dela contra o seu peito. "Não é falta de coragem, acredita. É o cerco, eles fizeram tudo para que eu não fosse capaz de viver por mim."

Tremia e não parava de falar; aflorava-lhe o tronco com os lábios, cobrindo-o, sepultando-o de palavras:

"Amor, não me peças porque não posso. Nem sequer enganá-lo, compreendes? Não vale a pena. As pessoas da força dele nunca se enganam. Servem-se das coisas e o resto não interessa. Compreendes, amor? Não vês que não posso?"

O rapaz levantou-lhe a cabeça para lhe beijar as lágrimas e viu a luz brilhando por toda ela, ao correr da pele.

"Não falamos mais nisto?"

Ela concordou com um aceno. Largou-o, ficaram, cada qual na sua ilha de silêncio, ouvindo os ruídos da rua, os pregões dos mariscos frescos para a boa cerveja, a música da rádio que vinha da esplanada na pequena praça, às vezes um fado, às vezes um *blue,* ou ainda o vendedor ambulante de sorvetes, o rapaz dos caramelos, anunciando cada cor seu paladar. Tudo aquilo boiava por ali, na claridade do quarto, com o cansaço e a indiferença das coisas de um mundo distante.

"Estás a pensar em quê, querida?"

Agora o rapaz puxava-a para si, e afagava-a e, fazendo-o, apetecia-lhe chorar.

"Não dizes? Não queres dizer em que estás a pensar?"

"Oh", respondeu ela. Quase gritou, agarrando-o com força, cada vez com mais força. "Meu Deus, isto nunca devia acabar."

"Sim, nunca devia acabar."

"Não devia e tem de ser, só sei que tem de ser."

Beijou-o na palma das mãos, nos braços, por toda a parte, soltando pequenos sons dos lábios e arrastando-se num lamento contínuo:

Jogos de Azar

"É melhor assim, amor. Quanto mais tempo passasse, mais nos custava. Ajuda-me, querido, peço-te que me ajudes."

"É contigo", murmurou o moço.

"Não digas isso, ao menos *tu* não digas isso." Agarrou-o pelos pulsos, pôs-se a sacudir a cabeça, com a boca enterrada nas mãos dele. "Não. Os outros está bem, não me importo. Mas tu, não é justo que fales assim."

"Não se trata dos outros."

"Mas eles também falam assim, amor. Desprezam, lavam as mãos... Acham que uma mulher deve suportar tudo sozinha. Mesmo sem amor, custe o que custar. É o caminho deles, que se há-de fazer?"

"O diabo mais o caminho deles. E tu? Aceita-lo porque é o mais fácil."

A rapariga quis tapar-lhe a boca, mas ele esquivou-se, rolando a cabeça no travesseiro.

"Paciência", disse ela. "Talvez seja isso. Não sei, agora não posso pensar." Deixou-se cair de borco aos soluços. "Mas sofro, meu Deus."

De olhos abertos, a boca escancarada sobre o travesseiro, o moço escutava. Permanecia atento como um guerreiro vencido, um combatente abandonado em pleno campo, incapaz de se levantar e de compreender a derrota. E a tarde baixava sobre ele, a luz perdera a violência, desfazendo-se com mansidão pelos recantos da casa.

JOSÉ CARDOSO PIRES

Virou-se para a acariciar. Recebeu-a, morna e silenciosa, e pôs-se a apagar-lhe o pranto com dedos seguros, contidos. Ao mesmo tempo falava-lhe num tom igual, velado, um tom de recomendação:

"Acho que sim... Só tu é que podes resolver e não te levo a mal. Vês? Afinal é simples, querida. Nunca na vida te podia levar a mal, não percebes? É a minha ajuda, aquilo que está ao meu alcance." Sorriu dele mesmo, magoado. "Compreensão..."

Não pôde continuar. Deu um salto para o tapete e foi até à janela, envolvendo-se na coberta.

"Nesse caso", disse ainda de costas para a cama, "quanto mais depressa te arranjares melhor." E acrescentou, chegando-se mais ao estore: "Meu amor."

"A que horas é a camioneta?"

Voltou-se lentamente. A jovem lá estava, ainda no leito, com uma perna abandonada entre os lençóis.

"Querido", murmurava quase serena.

Rápido, o homem rodou sobre si mesmo, atirou a cabeça contra o estore. Não queria ouvi-la, não se mexia. Atrás dele, a cama deu um pequeno estalido. De olhos cerrados, sentia a luz a desfazer-se nas pálpebras e a calma caindo de novo no pequeno quarto varrido de claridade, o sol e a perna loura entre os lençóis ainda quentes, tudo muito luminoso e exato; e também o rádio lá fora, os banhistas sentados na esplanada, perdidos no tempo — o calor, a fadiga, a serenidade.

Jogos de Azar

Assim ficou. Sem um movimento. Até que os lábios da rapariga voltaram a abrir-se diante dele e novamente os apertou entre os dentes. E foi como se respirassem para sempre, as bocas sangrando, o sabor do bâton e o cheiro a laranjas antigas, os cabelos sem cor diante do sol.

Estavam ambos agora no vão da janela. A coberta deslizara pelo corpo do moço; ele, sem a apanhar, olhava a rapariga. Tinha-a contra a luz, resplandecente e estonteada, os lábios molhados a mexerem muito trêmulos.

Mais tarde, por certo muito mais tarde, deu por ela já vestida, entre a porta do quarto, acenando-lhe adeus, adeus, a pedir-lhe uma vez mais compreensão para um destino, para uma decisão que tinha de ser, que não podia deixar de ser. Isso, possivelmente.

A porta bateu. Mas logo depois se abriu e apareceu a cabeça dela a espreitar:

"Não achas que podemos sair ao mesmo tempo? Hoje, pelo menos..."

Ainda junto da janela, com a coberta enrodilhada aos pés, o jovem fitava-a. Viu-a baixar os olhos, sorrir com mágoa:

"Nem ao menos vais à camioneta, querido?"

Ele fez que sim com um aceno.

Mas não foi. Ficou especado atrás do estore, acompanhando-a com a vista a atravessar a praça, lá embaixo. Em seguida vestiu-se à pressa e pagou o quarto. Não quis o troco, atirou-se pelas escadas estreitas, e só parou cá fora, na esplanada.

"Uma aguardente velha. Dupla."

O rádio soltava ruídos e transmitia uma cançoneta — francesa, salvo erro.

"Está bem assim?", perguntou o criado, com a garrafa ainda apontada para o cálice quase cheio.

"Chega, está bem. A que horas é a próxima camioneta?"

"Agora tem uma às oito e vinte e sete. Depois só às nove e tal, julgo eu."

O criado serviu a aguardente. Ia a afastar-se quando o rapaz o segurou pelo braço, esvaziando o cálice duma golada:

"Oito horas, disse?"

"Oito e vinte e sete. Não estou bem certo dos horários de verão, mas já pergunto lá dentro."

"Deixe, não vale a pena. Obrigado."

"Mas não custa nada, senhor. Há lá dentro um horário na caixa do balcão. Sirvo outro cálice?"

"Sim, mas não de aguardente. Talvez um jerez."

"Se não houver, pode ser porto?"

"Jerez e um bom jantar", disse o rapaz, mais para ele do que para o criado. "Se a essa hora ainda for capaz de comer."

"Vou ver se há."

"Como?"

"Não sei se temos", disse o criado. "Posso trazer porto, se não houver jerez?"

"Traga porto, traga o que quiser."

Jogos de Azar

Acendeu um cigarro e olhou, à volta, as cadeiras, as mesas de ferro, o hotel à esquina do passeio e a janela do quarto do primeiro andar. Os olhos ficaram-se-lhe ali, naquele estore verde ainda corrido, nas paredes peladas à volta das vidraças. E quando o criado voltou, disse-lhe para não deitar, tapando o cálice com a mão.

"É *reserva 1930*. Muito forte, faça favor de ver."

O homem apontava-lhe o rótulo da garrafa, ele é que nem sequer o olhava.

"*Reserva* legítimo. Só de casa tem para cima de dez anos."

"Não. Leve isso. Traga-me antes um café quente."

Não despregava os olhos do outro lado da praça, da janela e do estore corrido que havia no pequeno hotel, e tinha o cigarro esquecido nos dedos.

"Um café forte", acrescentou. "Preciso de ter a memória viva."

Virou-se, mas o criado já lá não estava.

A Semente Cresce Oculta

"Que horas são, mãe?"

Ergue a cabeça da almofada e o leito range.

"Credo", acrescenta para a velha acocorada no mocho. "Muito dorme vossemecê, mulher."

A outra ajeita-se no banco.

"Não estava a dormir", resmunga ela.

"Ora, não estava."

Apoiada nos cotovelos, a rapariga entorna um olhar enfadado a toda a volta: à cama com roupa lavada de fresco, à chuva nas vidraças, ao vulto que está aninhado no mocho, desfiando o rosário.

"Corra à janela, senhora."

A velha cabeceia bruscamente, mas logo se recompõe, remendando a oração em que se embalava.

"À janela, depressa."

O grito desorienta-a, o terço escorrega-lhe dos dedos e espalha-se pelo sobrado. Ainda a levantar-se, tateia o chão a procurá-lo.

"Deixe lá as contas."

A velha obedece, atarantada. Cola as faces mirradas aos vidros da janela, a espreitar a rua.

"É um homem qualquer, mas já não distingo, vai longe", exclama por fim, sem se voltar.

Por detrás dela, quase sentada na cama, a outra parece abarcá-la com os olhos. Treme toda. E com ela as borlas do leito e a água que está no copo, sobre a mesa de cabeceira.

"Santa Bárbara, como chove", continua a velha, falando para os vidros da janela. "E aquele desgraçado debaixo dum tempo destes."

"Talvez ele tenha passado primeiro pela parteira..."

"Hum", resmunga a velha, alheada.

E a moça, meio erguida no leito:

"Falo do Fernando. Estou a dizer que talvez o Fernando esteja na parteira."

"Bem ouvi, bem ouvi."

Na mesma posição, a rapariga aguarda ainda um momento e, em seguida, deixa-se cair na enxerga — pesadamente, como uma massa. Para ali fica, sem um movimento, a não ser o brilho dos olhos, brandos e luzidios como duas amoras, e o oscilar dos seios fartos.

"Dianho do homem", torna a velha, fechando as portas de dentro. "De costas parecia mesmo o Rufino."

"Quem?"

"Aquele que ia ali. Parecia tal e qual o Rufino da Carris. No andar e tudo."

A rapariga volta-se num gemido:

Jogos de Azar

"O Rufino?"

"Não faças caso, mulher. Há um tempo para cá não penso noutra coisa senão nesse infeliz. Até em sonhos, vê tu."

Enquanto falou a velha foi-se aproximando da cama. De passagem deu-lhe um arranjo na colcha e, descobrindo o rosário, baixou-se para o apanhar. Fez isso com uma rapidez que não seria de esperar na idade dela. Seguidamente, beijou-o e regressou ao mocho.

"Vossemecê viu bem?", pergunta-lhe a outra. "Ainda na semana passada a PIDE soltou três sem julgamento. Não me admirava que fizessem o mesmo com o Rufino."

"Pois sim, fia-te nessa. Desta vez, ou eu me engano muito ou o Rufino vai padecer grandes tormentos. E o teu Fernando que se acautele, porque qualquer dia sucede-lhe o mesmo." A velha pousa uns olhos demorados na moça: "Cá por mim estou preparada."

No cabide da porta há um boné de guarda-freio e uma gravata negra, destas de plástico que se usam nas fardas pobres, nos uniformes dos carteiros, dos contínuos ou do pessoal da Carris.

É para ali que a velha se volta quando não vigia o leito. Para ali, para as contas do rosário ou para o sono que a acalenta. Mas principalmente para esse boné de farda e para a gravata no cabide.

Deitada ao comprido, a mulher jovem está imóvel, quase serena. Uma vez por outra, morde os lábios como se tivesse sido tocada por uma dor consentida, esperada. Por isso, quando daí a nada o corpo se liberta desse esforço repentino, em vez de desespero ou recordação de sofrimento, o que lhe fica no rosto é uma sombra de mágoa, a aragem perdida dum sorriso.

"Tornou a mexer-se?"

A rapariga acena que sim.

"Pois é, vamos ter uma noite de trabalhos. Cá por mim, o melhor ainda era avisar a parteira. Tens aí o número do telefone?"

"Já está avisada, não se rale. Além disso o Fernando não deve tardar."

"O Fernando?", diz a velha; e não adianta mais.

As duas mulheres encaram-se. A mais nova fala num tom triste, cansado:

"Vossemecê, com esse desassossego, ainda me faz pior. Deixe lá a parteira, temos tempo."

"Eu cá sei", responde a outra em voz sumida.

Reservada, agarra-se ao rosário e põe-se a mexer a boca. Sem dentes, não parece que reza, mas que devora os lábios, sorvendo a própria carne da boca.

"Vossemecê, senhora, desde que aqui esteve a vizinha, ainda não fez outra coisa senão suspirar", continua a moça. "Quem a vir há-de pensar que não sabe o que é ter filhos."

E a velha:

"E saberei? Lá na província a gente, quando tinha os filhos, só pensava na fome e nos maridos. Aqui, nesta maldita cidade, tem de se pensar em tudo e mais nas prisões."

Jogos de Azar

"Prisões? A que propósito vêm agora as prisões?"

Um arrepio de surpresa sacode a velha por dentro. A ganhar tempo, passa a mão pelo rosto, cobre-o por inteiro com os dedos retorcidos e secos.

"Sei lá", diz ela. Embora com a cara entre as mãos, vigia a rapariga. "A propósito do Rufino, com certeza. Pareceu-me vê-lo ainda agora, e se calhar foi por isso. Foi isso, não há dúvida que foi isso que me trouxe a ideia das prisões. Olha, escreve-me aí o número do telefone, que eu peço na tabacaria que me liguem para a parteira. Ou será melhor chamar a vizinha?"

"Mais um bocadinho, senhora. Se o Fernando não chegar até à meia-noite, vai vossemecê telefonar."

"À meia-noite? A essa hora está a tabacaria fechada. Dói-te mais, diz?"

A rapariga apertava as mantas nos dentes, rolava a cabeça ora para um lado, ora para o outro, como se assim quisesse rasgar a dor ou fugir-lhe.

"Tens de aguentar, cachopa. Ao princípio é que custa. Depois o corpo habitua-se."

"Oh, mas eu não posso, mãe. Agora vêm a seguir umas às outras. Agora... oh, não posso, não aguento mais..."

"Qual não aguentas. Quando foi do Fernando estive uma noite inteirinha assim. Assim ou pior ainda. Pouco faltou para me darem como perdida, e mais era o segundo filho que eu tinha."

O suor cobre o corpo da moça. É um orvalho a empastar-lhe o cabelo, a derramar-se nas pernas inchadas e doridas.

Ainda naquela pausa triste que sucede ao esforço, ela contempla o morro que a roupa faz no sítio do ventre e a almofada intacta, a seu lado. Então diz:

"Acho que é melhor ir ver a casa do Rufino."

"Para quê, se eu sei que não era ele?" A velha solta um suspiro de impaciência. E depois: "A bem dizer, nunca gostei que o Fernando acompanhasse com esse infeliz. Muito bom homem, muito bom pai, não digo menos, mas as ideias botaram-no a perder. O que a cabeça erra o corpo paga. É bem certo."

Fica um momento pensativo a acabar, só para com ela: podia ser que se enganasse, mas o Rufino tinha os dias contados. Ele e os outros dessa coisa das greves.

"E afinal com que lucro?", pergunta passado tempo. "Tanta canseira, tanto sarilho, para deixar aquela desgraçada na miséria com um rebanho de filhos."

"Vossemecê ainda quer mais miséria que a que eles tinham?"

"Está bem, eu sei que vocês não gostam que eu fale nisto. Mas paciência, ouço muita coisa e faço de conta que não entendo. É a velhice, a gente tem de se habituar... O que me custa é ver o meu filho maltratado."

"Maltratado? Maltratado por quem, diga lá?"

A velha encolhe-se no mocho:

"Maltratado."

"Mas maltratado por quem?", insiste a outra. "Oh, esta mulher dá comigo em maluca."

Jogos de Azar

"Maltratado", responde a velha, "pela vida. Por tudo. Eu nunca disse que tu tratasses mal o Fernando."

"Também era só o que me faltava. Vossemecê com certeza que não lhe tem mais amor do que eu. Ou tem?"

Ao ouvir isto, a velha toma um ar resignado:

"Tens razão, eu não tenho amor a ninguém. Sou para aqui um empecilho que só serve para dar trabalhos."

Põe-se a ajeitar o lenço na cabeça, mas nisto os olhos pregam-se na porta do quarto, no boné e na gravata que estão no cabide. Muito rápida, volta a cara e começa a chorar em silêncio. "Ao menos que Deus Nosso Senhor me levasse para a Sua divina presença."

"Apre que vossemecê está de todo. Alguém a ofendeu, diga?"

De fato, ninguém a tratou mal. Mas ela está amuada; assoa-se à saia, de maneira reservada. Sabe muito bem que é uma velha e, como tal, uma criatura que nem merece a côdea que rói. Nesta altura da vida só lhe resta morrer em graça e rogar à Providência que todos os tormentos que suportou, e os outros que ainda há-de suportar, lhe venham em desconto dos seus pecados. Apega-se, portanto, ao rosário. Passa-o maquinalmente nos dedos.

Em breve, os lábios murchos negam-se a orar e, sem saber como, ao chegar à segunda *gloriapater*, acha-se à cabeceira de uma tal Ana Gonsa. Estão presentes os nove filhos da casa, incluindo os gêmeos e o Alípio, que se tinha enforcado na noite de São Martinho. Esse cumprimenta-a, muito triste, vestido de luto. Ela calcula: "Já sei, vem assim porque é um enforcado", mas Alípio adivinhou-lhe o pensamento e lança-lhe um olhar terrível e ameaçador.

Ana Gonsa está entregue à aparadeira. Oh, mas para que lhe foram contar tudo? Assim vai ser pior, a criança nasce corcunda com certeza. Ou não sai, porque cresce mais do que a mãe e mata-a por dentro, crescendo, crescendo.

Alípio deixa a irmã e parte à procura do marreco que deitou o enguiço. Sai na companhia dos oito irmãos, levando com ele as correias dos bois que lhe serviram de laço para se enforcar. Pode ser que o agarre, pode ser que o filho da Ana Gonsa se salve ainda. Veremos.

É quando alguém se lembra de pôr a relíquia do bem-aventurado São Judas Tadeu atrás da rosa branca que está no púcaro de barro, ao pé da candeia. E logo a rosa desabrocha e a porta se fecha milagrosamente para que o corcunda não venha outra vez deitar mau-olhado. Mas por que berra Ana Gonsa daquela maneira? Por quê, senhores? Não saberia ela do milagre que se está dando?

O mocho oscila, num safanão repentino a cabeça da velha quase toca o sobrado. Estremunhada, dá com a moça a gemer em cima da cama, esticada e com os tendões do pescoço endurecidos e agrestes. Arqueja, agarrada aos ferros da cabeceira.

A velha acerca-se dela:

"Dói-te mais agora?"

Jogos de Azar

Moles e vencidos, os braços da rapariga escorregam pelas grades até caírem ao comprido sobre a coberta. Uma enorme lassidão alastra por toda ela, ao mesmo tempo que sente a garganta áspera e os lábios endurecidos. Engole em seco, pede água:

"Alcance-me aí o copo."

A velha serve-a. Enquanto lhe segura a cabeça para a ajudar a beber, volta a almofada. As dores, talvez mais fortes, não são ainda muito seguidas. Ainda não são, como ela anunciou há bocado, tão corridas umas atrás das outras que não deem tempo a pensar nelas ou a senti-las todas, uma por uma. Na opinião da velha, é isso que conta para se conhecer a distância a que uma mulher se encontra do momento justo.

"Agora, é esperar com paciência", murmura, deixando o leito. Senta-se outra vez no mocho, o seu poiso.

Golpes de vento sacodem as janelas e a porta da rua. A rapariga respira alto, e em sopros desiguais. Chove menos ou é o vento que abafa a chuva?

Ensimesmada, a velha entoa:

"Quando eu morrer só peço que me levem para os Casais. Lá na província morre-se em descanso. Fazem-nos a cova atrás da sacristia, à sombra duns loureiros muito verdinhos e dumas rosas-de-toucar que há à volta do muro."

Pende-lhe do nariz uma gota de muco, que oscila, que acaba por se desprender, para logo dar lugar a nova gota.

A velha é que não se apercebe de nada. Tem uma expressão distante, esquecida.

"Só peço a Deus que não me leve sem eu ter juntado algum dinheiro para o enterro. Assim, já vocês me podiam mandar para a província, não podiam?" Levanta um pouco a voz: "Tu ouves-me, cachopa?"

"Ouço", diz a moça, acariciando o ventre volumoso. "Tenho a barriga quase a estalar. Tenho-a mais esticada do que a pele dum bombo."

Ao afagar o ventre, fá-lo com suavidade, com a ternura de quem não se acaricia a si mesma, mas a uma coisa que lhe é querida e que não lhe pertence. Os dedos correm-lhe à flor do corpo, e também esses parecem não lhe pertencer. Assim, é como se toda ela se repartisse em dois seres diferentes — os dedos que acariciam, a pele que os recebe. Como se de si mesma só ficassem as dores, cada vez mais distantes, mais distantes.

A outra reza ou mastiga palavras; e tão de longe, coisas tão ligadas à morte e tantas vezes escutadas que a rapariga não a sente. Entre as duas mulheres, a velha que pensa na alma e a nova que pensa na vida, há uma semente que procura a luz. Tocando-a, através da pele, as mãos da rapariga lembram-lhe o homem ausente, têm muito dos gestos e do calor do homem por quem ela espera e que, pelos vistos, tarda a chegar. Fernando, chama-se ele; e tem essa maneira tranquila de falar e de dar carinhos. Tranquila e firme, como quando tentou levantá-la pela cintura e ela desatou aos

Jogos de Azar

gritos por causa das cócegas. É ágil, porque nessa ocasião soube agarrá-la numa volta inesperada, evitando que ela forçasse.

"Cuidado com a menina", troçara então a rapariga, pois bem sabia que o marido queria antes um macho.

E o Fernando:

"Tem de ser um rapaz porque já não posso contigo sozinho."

Mas um estremeção abala-a agora de alto a baixo. Chama pela velha:

"Ouça, talvez fosse melhor ir a casa do Rufino. Está a ouvir? Não durma, mulher de Deus."

"Não estou a dormir, estou a rezar."

"Está bem, mas agora tenha paciência e vá à mulher do Rufino."

"À do Rufino?"

"Pois", torna a rapariga. "Começo a estar em cuidados por causa do Fernando. Se lhe aconteceu alguma coisa ela sabe com certeza."

A velha hesita e depois encolhe os ombros:

"Parvoíces. Que queres tu que tenha acontecido ao teu homem? Está para aí nalguma taberna, tu verás."

"Na taberna, num dia destes?"

"E então? Os homens são assim. Nestas ocasiões gostam sempre de festejar. Além disso, ainda não parou de chover. Há muito que não via chover desta maneira."

233

JOSÉ CARDOSO PIRES

A rapariga não deixou de a observar enquanto ela falava. Agora, que se calou, continuou a medi-la como se quisesse ler-lhe nos olhos.

"Se calhar passou pela parteira", prossegue a outra, talvez para fugir ao peso daquele olhar. "Se calhar foi isso. Dá-me o telefone da mulher, que eu vou saber se ele lá está."

Desconfiada, a moça está toda voltada para ela. Parece um bicho no fojo, a espreitar.

"Que tens tu?"

"Diga-me uma coisa", começa a rapariga, firmando bem as palavras. "A mulher do Rufino, quando aqui esteve à tarde, não lhe disse nada?"

"Bom, o que ela disse ouviste tu. Conversamos a respeito do marido, dos outros dois que foram soltos…"

"Não é isso, senhora. Pergunto se ela não lhe falou do Fernando."

"Do Fernando? Que me lembre, não", garante a velha, encarando a rapariga de frente.

"Jura que não?"

"Essa é boa. Juro. Se queres que jure, juro."

Perante isto a outra descansa. Volta-se na cama, de costas para a velha, que se benze apressadamente três vezes seguidas. E fica sozinha, a contas com as dores e os pensamentos.

Ali, na morrinha do quarto, o vento e a reza são a companhia das mulheres. Uma tem as suas dores, as suas esperanças; a outra corre veloz sobre padre-nossos e ave-marias

Jogos de Azar

e, de tempos a tempos, mira o boné e a gravata no cabide da porta. Então esconde as lágrimas com a ponta do avental.

"Mãe", diz-lhe a rapariga a certa altura. "Agora gostava mais que fosse um rapaz."

O balbuciar das preces interrompe-se. A velha passa as mãos pelo rosto, a recompor-se:

"Sim, um rapaz é um amparo."

Recosta-se no banco contra a parede e levanta o olhar, não para a jovem que está no leito diante dela, mas para mais longe e mais alto.

"Um rapaz é bom. Em todo o caso, para mim antes queria uma neta."

"Havia de se chamar Carlos", continua a moça do outro lado. "E o Fernando ficava doido... Um Carlos, um rapaz."

"Para a vida é melhor, mas eu sempre desejei ter uma neta. Os rapazes, em se apanhando com força, mordem nas avós."

A moça desliza a mão suavemente pela almofada desocupada que tem junto dela:

"Oh, um Fernando assim pequenino é que eu queria. Com o pescoço delgado e tudo como o pai."

Já não dá pela chuva nem pelo vento que anda à desfilada pela rua. Contempla apenas a almofada vazia que tem à cabeceira e fá-lo com um sorriso calmo e esperançado.

Também a velha sonha. Sobre ela paira um brilho vago, misterioso.

JOSÉ CARDOSO PIRES

nasceu em 2 de outubro de 1925
na aldeia do Peso, distrito de Castelo Branco.
Faleceu em Lisboa, a 26 de outubro de 1998.
Considerado um dos mais importantes escritores portugueses contemporâneos, a
sua obra foi traduzida em diversas línguas e distinguida com os seguintes prêmios:

Prêmio Internacional União Latina (Roma, 1991);
XXV Prêmio Internacional Ultimo Novecento (Pisa, 1992);
Prêmio Pessoa (Lisboa, 1997);
Prêmio Vida Literária, da A.P.E. (Lisboa, 1998);
Prêmio Bordalo de Literatura da Casa da Imprensa (Lisboa, 1998).

Além de outros prêmios atribuídos, individualmente, a alguns dos seus livros:

O Hóspede de Job (1963)
Prêmio Camilo Castelo Branco;
Balada da Praia dos Cães (1982)
Grande Prêmio de Romance e Novela da A.P.E.;
Alexandra Alpha (1987)
Prêmio Especial da Associação de Críticos do Brasil;
De Profundis, Valsa Lenta (1997)
Prêmio Dom Dinis da Fundação da Casa de Mateus;
Prêmio de Crítica da Associação Internacional de Críticos Literários.

Impresso no Brasil pelo
Sistema Cameron da Divisão Gráfica da
DISTRIBUIDORA RECORD DE SERVIÇOS DE IMPRENSA S.A.
Rua Argentina 171 – Rio de Janeiro, RJ – 20921-380 – Tel.: 2585-2000